洪鈞著作集

卷三

卷三目録

元史譯文證補

元史譯文證補卷十五

兵部左侍郎總理各國事務衙門行走加三級　洪鈞撰

海都補傳

拉施特無海都專傳分見於諸傳中朔方備乘有海都傳融會元史紀傳而成今考西書有元史所未及者采輯其說參證元史庶乎賅備

海都太宗諸孫合失子太祖征西夏合失生太祖凡五征西夏不知何役當是在前西夏爲河西地蒙古稱河西音似合失轉音爲合申名以合失志武功也合失嗜酒早卒太宗痛之自此蒙古人諱言河西惟稱唐古忒西夏立國始唐時曾賜國姓繫以唐代志所自始也憲宗二年定太宗後王分地遷海都於海押立其地在金山南天山北巴勒噶什淖爾之東南詳海押立考朔方備乘海都傳云憲宗六年令諸王還所部遣石天麟使海都海都拘畱不遣案元史是年帝會諸王於欲兒陌哥都六月幸斛亦兒阿荅以宋人違命函使會議伐之

七月命諸王各還所部以居明是來會後令還部何氏單引此一語殆誤會史文耶海都自以太宗子孫不得嗣大位爲憾而憲宗奪太宗後王兵柄志不得逞憲宗六年斷事官石天麟使北邊爲所留此出石天麟傳世祖初元阿里不哥潛號海都附之繼攻宗王阿魯忽爲所敗阿里不哥歸命於朝海都仍自擅於遠屢使徵召皆以馬瘦道遠爲解世祖初即位推恩太宗諸王亦賜海都金帛至元二年分四親王南京屬州以蔡州隷海都然海都有異志區區分地歲賜非所慕也權智過人善於籠絡术赤後王如伯勒克等咸與善太宗分地在葉密爾河者亦多屬之其後禾忽即從叛可以爲證以上有元史有西書海都居地與察合台後王封境接壤至元三年察合台孫阿魯忽薨其妃倭耳干納立謨拔來克沙前王合剌旭烈之所生也察合台曾孫八

剌在朝，世祖命歸國輔治，思藉其力控制海都。八剌既至，廢謨拔來克沙，旋與海都戰於錫爾河，敗其衆，掠人畜無算。而朮赤後王忙哥帖木兒助海都兵回攻而勝，八剌退至錫爾河南（西域語曰麻賚兒俺那爾，義爲過河之地），脅布哈爾、撒馬爾干民戶輸助軍實，備再戰。太宗諸孫奇卜察克自海都處至，爲之和解，罷兵，而布哈爾等地海都亦得分其歲入。八剌攻西域宗王阿八哈，海都亦助兵。旣渡阿母河，海都兵先歸（詳阿八哈傳。他西人書謂海都陰告其將相機行事，故先離去）。至元七年，八剌戰敗而歸，旋薨。察合台孫尼克伯嗣。九年，攻海都，隕於陣。察合台四世孫托喀帖木兒嗣，旋薨。海都輔立八剌子篤哇，得其助，由是叛命犯邊（以上詳見察合台諸王傳）。先是，海都叛迹漸著，廷議伐之。世祖曰：宗室之情，惟當懷之以德。遣平陽馬步站達魯

廣雅書局栞

花赤鐵連爲使令先詣忙哥帖木兒所相與計事而後行鐵連先詣海都海都與宴嘉其雄辨厚贈之遂至忙哥帖木兒所具告以故王曰祖宗有訓叛者八得誅之如通好不從奉師以行天罰我卽外應掩襲勦絕不難矣鐵連還悉以事聞因言於帝曰海都兵繁而銳不宜速戰來則堅壘待之去則勿追自守既固則無虞矣帝然其言此據元史鐵連傳觀多桑阿八哈傳言忙哥帖木兒兵至海都禦之八拉克乘機使併分地海都乃乞和於忙哥帖木兒而攻八拉克先敗復得忙哥帖木兒助兵五萬以敗八拉克據此則忙哥帖木兒先固奉命討叛繼乃改節與和鐵連傳謂海都覬伺拔都王爲備已嚴意乃帖然統稽元史西書世祖從未得忙哥帖木兒之助鐵連告帝之言僅謀自守亦與忙哥帖木兒東西夾攻之計不符果如王言海都豈能兼支兩大元史牙忽都傳至大三年察八兒來歸牙忽都進曰今陛下洪福齊天拔都罕之裔首已附順叛王察八兒舉族來歸特揭拔都罕後裔歸順何所指耶恐足鐵連傳未盡得實而多桑所言本於元西域史殆不誣也然忙哥帖木兒雖討海都而旋

與和且助以兵敗八剌此據西書增入海都由是無西顧憂至元十二年海都篤哇以十二萬衆圍畏兀兒王火州城久始解巴而朮阿而忒的斤傳謂索女而去西書謂援兵至乃解於是赦追海都八剌金銀符見本紀其時八剌已沒其子篤哇從叛故追其符也元史地理志阿力麻里下注至元五年海都叛舉兵南來世祖逆敗之於北庭又追至阿力麻里云云元史類編據以增入五年本紀今考紀傳皆無是事追符之命乃在十二年不知此注所本命丞相安童輔皇子北平王那木罕備邊於阿力麻里元史三年六月已有北平王之封疑出鎮在十二年之前西書更有世祖子闊闊出昔里吉托克帖木兒諸王咸從元史有脫鐵木兒必即托克帖木兒西書未言爲何王之裔又言從軍者有七王世祖先命宗正府札魯花赤昔班使海都令罷兵置驛來朝海都聽命既退軍而丞相安童軍已克禾忽大王部曲盡獲其輜重海都懼將逃謂昔班曰我不難殺汝念我父嘗受書於汝姑遣汝歸以安童之事聞非我罪也

此據昔班傳細審元史西書諸叛王之刦北平王實與海都不謀故本紀言海都弗納先已退軍之說殆不誣也是時
托克帖木兒有異志思叛朝廷而奉昔里吉合謀夜劫那木罕
營併獲安童遣使通好於海都海都弗納西書云以那木罕闊闊出交忙哥帖木兒
以安童交海都元史無考故刪海都弗納據本紀增入觀下伯顏之戰元史西書皆未言及海都合而不合情形顯然諸
王叛者相屬西書謂太宗後人及察合台別子後裔皆叛世祖命伯顏北征諸王忽
魯帶帥其屬來歸與伯顏軍合此本元史擊昔里吉於斡兒罕河西書
作鄂爾坤河則當在和林矣相持既久俟其懈麾軍爲兩隊破之諸王牙忽
都先亦被執至是脫歸伯顏傳與西書所紀略同惟傳謂相持終日西書謂多日爲異傳下云昔里吉
走死則誤矣牙忽都逃歸本牙忽都傳昔里吉遁也兒帖石河托克帖木兒遁乞
兒吉思伯顏襲奪托克帖木兒輜重昔里吉不能援托克帖木
兒以爲怨遂附於撒里蠻西書音似撒兒班又云將奉以爲主使告海都忙哥帖木兒案史表撒里

蠻爲憲宗孫玉龍答失子多桑云是察合台子殆誤脅阿里不哥之子要木忽兒來從西書音似要部庫兒要木忽兒不從而戰托克帖木兒敗遁被獲要木忽兒勸昔里吉殺之托克帖木兒善戰好乘白馬謂戰血濺白馬如婦女之施朱也托克帖木兒既死撒里蠻無助昔里吉取其兵拘撒里蠻以致於术赤後王名日庫赤無考經烏斯勘之地撒里蠻舊部來奪之回攻昔里吉將戰昔里吉部衆畔遂被擒亦擒要木忽兒將獻於朝而來歸東經帖木哥斡赤斤部地其後王受要木忽兒之賂中道劫之當卽乃顏西書謂乃顏爲斡赤斤後人僅以昔里吉來獻世祖賜撒里蠻以地及軍士流昔里吉於海島未久卒以上皆出西書撒里蠻執昔里吉來歸見元史而西書記事特詳李庭傳諸王昔里吉脫脫木兒反庭襲擊生獲之啟皇子只必帖木兒賜之死與紀傳多不合其下又云十四年入朝世祖勞之昔里吉之叛卽在十四年安得於十四年之先被獲賜死此傳誤舛殊甚

要木忽兒旋入海都其後來歸至元二十一年牙忽都與土土哈得海都諜人知其虛實破其精兵海都敗走得所俘掠軍民此本牙忽都傳是年北平王與安童等歸西書但云那木罕後被釋本紀但云至自北邊石天麟傳云諸以宗親恩義及臣子逆順禍福之理海都悔悟遣天麟與北安王同歸則明非牙忽都土土哈戰勝迎回也朔方備乘恐失實二十二年海都犯邊土土哈與大將朵兒朵哈共禦之二十四年宗王乃顏叛於遼東諸王合丹勢都兒應之西書云乃顏爲斡赤斤五世孫合丹爲哈準四世孫辛都兒爲木赤哈薩兒四世孫考諸王表斡赤斤位下無乃顏哈準位下第二代有合丹哈薩兒第二代有勢都兒當卽辛都兒本紀二十四年六月諸王失都兒所部鐵哥率其黨取咸平府渡遼欲劫取豪懿州七月乃顏黨勢都兒犯咸平皆卽其人元史諸王表舛漏殊甚未可以斷西書之非約海都相犄角海都亦允助兵此出西書云乃顏等之叛由海都唆之世祖恐其合令伯顏在和林阻遏之親征乃顏自江南浮船入海至遼河以運軍糈羅璧傳可證軍疾

行二十五日卽至其境分二軍蒙古軍以王借帖木兒統之（西書作亦速帖木兒云是博爾术孫與史傳合）漢軍以李庭統之（史傳尚有董士選西書無之蓋李庭爲首將也）及遼河遇其衆乃顏軍以車環衛爲營王師三十營間以漢軍步隊皆執長矛大刀軍進退時與騎卒共乘一馬及敵則下騎先進（董士選傳乃顏軍飛矢及乘輿前士選等出步卒橫擊之其衆敗走是役以漢軍步隊制勝西書記兵制特詳）世祖乘輿駕四象輿有戰臺置中軍旗鼓戰自晨至午破其衆獲乃顏誅之（西人謨克波羅時在中國其書云乃顏此時不過三十歲又云乃顏喜天主教世祖軍中有許多天方教猶太教人多詈其信奉異教）車駕還京命皇孫帖木兒暨王借帖木兒土土哈李庭等畱討合丹勢都兒（此下西書所紀敗金家奴及貴烈河之戰略與元史同不載）二十五年正月海都犯邊六月其將暗伯著媛犯業里干淖爾管軍元帥阿里帶戰卻之秋篤哇犯邊冬海都又數犯邊（皆見本紀海都

戰事西書不如元史之詳惟云是時以杭海山南大戈壁爲界王師七軍屯界上數與海都戰而伯顏駐和林爲重鎮於是皇孫帖木兒鎮金山前衛親軍都指揮使玉哇失從甯遠王闊闊出丞相朵兒朵哈擊海都軍破之復擊其將八憐八憐敗海都使禿苦馬領精卒三萬據撒剌思河以拒玉哇失率善射三百人卻之二十六年海都兵至和林宣慰司怯伯同知乃滿帶副使八黑鐵兒皆叛應海都北鄙大震七月世祖親征皇孫晉王抵杭海戰不利車駕歸明年海都又入寇時朵兒朵哈方居守大帳詔遣亐忽都同力備禦軍未戰而潰二十九年諸王明里帖木兒叛從海都伯顏敗之於阿撒忽禿嶺會有譖伯顏與海都通者御史大夫玉昔帖木兒代之未上而海都又至伯顏欲誘之深入且戰且行七日衆不可海都遂脫去是年秋土

土哈略地金山獲海都之戶三千餘詔土土哈進取乞兒吉思三十年春王師次謙河海都引兵至虜都阿思之民都阿思無考成宗元貞初海都犯西番界大德元年土土哈之子牀兀兒北征踰金山至荅魯忽河敗其將帖良古追奔五十里還次阿雷河與海都援師孛伯遇孛伯陣河上高山牀兀兒渡河擊敗之追奔三十餘里二年篤哇徹徹禿等潛師襲火兒哈禿牀兀兒覆其軍然是年防秋將帥懈不爲備而敵掩至駙馬闊里吉思以無援兵敗被執五年海都篤哇大入八月朔戰於鐵堅古山武宗本紀係迭怯里古越二日海都悉衆來大戰於合剌合塔王師失利明日復戰官軍分五隊爲海都所乘囊加歹以千人衝之乃返牀兀兒與篤哇相持於兀兒禿之地殺篤哇兵幾盡以上皆見紀傳瓦薩甫紀

是役爲海都勝而牀兀兒傳推爲戰勝功第一本紀六年五月詔和林潰軍征雲南其戰傷而歸及嘗奉晉王令旨諸王永和爾令旨免者不遣七年五月以大德五年戰功賞北師銀鈔幣帛據本紀以觀則王師敗於海都而牀兀兒一軍勝篤哇也海都得勝而歸旋死海都於至元二十七年遣子阿部干等率兵助西域叛將尼佛魯慈擾呼拉商後乃敗退見阿魯渾等傳朮赤子倭爾達之曾孫那延與族人貴烈克相戰爭海都篤哇助貴烈克於是那延亦與海都篤哇戰凡十五役那延勢不支其時成宗已卽位那延遣使入朝思請王師與旭烈兀後王三面合攻海都篤哇成宗將允議親征爲掃穴犁庭之計太后闊闊眞謂帝遠出征返須二三載恐中原有變止之帝乃遣使歸謝以徐議史無考朮赤後人事實絕少得此點綴物罕見珍案[illegible]世祖時卽用鐵連來則堅壘去則弗追之計故王師遠朮深入今欲一鼓蕩平自非大舉親征不可西書此說似非無理成宗太后亦名闊闊眞見徽仁裕聖皇后傳亦非無據多

桑云拉施特紀中國可汗事至此而止迨海都死篤哇請內附海都子察八兒亦請和七年十一月遣諸王滅怯禿王龍帖木兒使於察八兒八年察八兒使至賜幣六百疋九年又與篤哇遣使至賜銀千四百兩鈔七千八百餘錠此本元史初海都之卒也或欲立其子烏魯斯當即武宗本紀之叛王篤哇以已之得國由於察八兒故亦助察八兒嗣位其後篤哇子也先不花等與察八兒子弟搆釁戰爭因是二人亦失歡大德十年戰於忽禪撒馬爾干中路察八兒敗再戰篤哇敗乃與察八兒議和議有成矣部衆多散處而篤哇攻其不備遂蹦察八兒所轄塔剌斯畢那克特等地畢那克特在錫爾河濱見西域上傳多桑此處稱畢匿基又有昆遂克扯克兒兩地無考其時武宗鎮金山亦襲察八兒所部於也兒的石河盡俘其家屬營帳餘衆悉潰察八兒僅以

三百八奔篤哇潰衆亦多歸於篤哇武宗本紀大德十年踰阿勒臺山追叛王烏魯斯獲其妻孥輜重八月至也里的失之地受諸降王明里帖木兒等降海都子察八兒逃篤哇部盡俘其家屬營帳駐冬阿勒臺山降王禿曲滅復叛與戰敗之北邊悉平是役爲海都朔亂結局也里的失卽也兒的石河足證西書非妄月赤察兒傳亦云掩取其部八凡兩部十餘萬口是年篤哇薨子寬闊立未二歲亦薨西書云在位僅十八月則當在至大元年薨武宗六月之遣使月赤察兒之奏請安撫皆在是年蓋猶未薨或薨信尚未至也宗王達里忽繼立篤哇次子怯伯乘其飲宴刺之死察八兒乃與達喀察兒禿曲滅月赤察兒傳作禿苦滅西書音似帖木兒乃是轉音及烏魯斯之數子當卽叛王見武宗本紀以上三人告海都子見後注合謀攻怯伯而爲怯伯所敗察八兒不敢留至大三年遂來朝禿曲滅在道爲怯伯部人所殺武宗本紀大德十年察八兒已逃於篤哇而月赤察兒傳至大元年察八兒禿苦滅果欲奔寬闊不見納去留無所遂相率來降紀傳顯形牴牾得西書乃恍然其故所紀年分亦符先是世祖有旨以叛王海都分地五戶絲爲幣

宗俟其來降賜之已藏二十餘年矣至是尚書省以爲言武宗曰世祖謀慮深遠若是待諸王朝會頒賞既畢卿等備述其故然後與之使彼知愧六月壬申察八兒入朝設宴大廷康里脫脫即席陳西北諸藩始終離合之由去逆效順之義且告祀太廟達里忽既被殺國人立篤哇長子也先不花盡併海都舊地（此本西書）察八兒益無所歸仁宗延祐二年封汝甯王置王傅官察八兒薨子完者帖木兒嗣泰定元年孫忽剌台嗣泰定帝崩爲其太子起兵拒文宗兵敗走不知所終（此出元史類編）

元史譯文證補卷十五

元史譯文證補卷十五

[illegible]

元史譯文證補卷十八

兵部左侍郎總理各國事務衙門行走加三級臣洪鈞撰

哲別補傳 元史本紀先作哲別後乃歧異百出親征錄亦作哲別今從之

哲別別速特氏其部先附札只剌泰赤烏部與太祖戰於荅闌版朱思之野西域書作塔闌巴兒朱思今從史錄軍敗衆潰哲別遁匿林藪中太祖出獵見之令左右追捕博郭兒濟請行即博爾朮乘太祖戰騎以往馬口色白良馬也蒙古名之曰察罕忽失文秣驪明武備志粉嘴馬曰叉汗忽失文莫林博郭兒濟射哲別未中而哲別射斃其馬以是遁去後以窮困乏食來歸太祖惜其勇釋不誅太祖十三翼戰事之後哲別來降親征錄曰哲別之來實以力窮故也與西域書同祕史敘於闊亦田戰事之後係誤又謂是泰亦赤兀之脫朵格家人親征錄與西域書皆無是語故不採入以上皆本西域史又云哲別乃一種箭名元史語解哲伯梅針箭也語同祕史但謂是軍器之名未晰

先令爲什長繼將百人復升千戶太祖征乃蠻哲別與虎必來二人爲前鋒祕史有四人親征錄西域書止此二人太祖卽位之五年金人築烏沙堡命哲別襲殺其衆六年自將南伐哲別前驅拔烏沙堡烏月營遂入居庸關抵中都而還復攻東京不拔夜引去逾數日兼騎倍道乘未備馳至克之祕史作東昌係誤乃東京八年金兵復保居庸仍爲哲別所取皆本元史十一年丙子太祖北還先是太祖平乃蠻誅其部長其子古出魯克遁入西遼盜據其國太祖既平禿馬乞兒吉思之叛遂命哲別征古出魯克敗之軍及天山南自喀什噶爾追至撒里庫兒道上近巴達克山界斬其首以徇各地阿兒西域傳上軍中獲良馬千騎口皆白色歸以獻曰臣請償昔者射斃之馬此出西域書甚有文情十四年太祖親征西域下撒馬爾干西域

主阿拉哀丁謨罕默德先遁命哲别速不臺各將萬人深入敵境窮追勿捨遂迫西域主竄入海島而死獲其母妻及其珍異以獻詳西域傳獲其所棄珍寶見元史速不台傳復攻下西域各城入其西北鄰部曰阿特耳倍占曰角兒只曰失兒灣詳見西域傳上戰無堅對望風皆靡裏海北大部曰奇卜察克嘗納逃人索之不與太祖十六年西域略定乃命哲别速不台進軍裏海之西以討奇卜察克土土哈傳謂蔑里乞主霍都奔欽察以是致師此外各書皆無佐證詳觀太祖討平諸國雖未必兵以義動亦大都師出有名裏海北濱素無往來何至窮兵絕域土土哈傳語必有因惟親征錄祕史垂河之役已言速不臺盡滅蔑兒乞則又不合矣軍入高喀斯山奇卜察克阿速撒耳柯思等部集衆來禦衆寡不敵復迫於險乃以甘言誘奇卜察克我等同類無相害意勿助他族以傷同類奇卜察克引退軍既出險敗阿速等兵追奇卜

察克出不意突至奮擊殺其部酋霍灘之弟玉兒格及子塔阿兒速不台傳引兵繞寬田吉思海展轉至太和嶺鑿石開道出其不意至則遇其酋長玉里吉及塔塔哈兒方聚於不租河縱兵奮擊其衆潰走矢及玉里吉之子逃於林間其奴來告而執之餘衆悉降遂收其境案寬田吉思海即裏海太和嶺即高喀斯山鑿石開道則軍迫於險可知奇卜察克兵已退而爲蒙古所乘故曰出其不意玉兒格即玉里吉也塔阿兒即塔塔哈兒也西文原作塔伊兒阿剌比文阿伊二音西人每每誤譯證之元史必是塔阿兒故爲改正土土哈傳謂欽察國主亦納思西域書及賜加國史皆謂奇卜察克王名庫灘華文霍忽等字音西人每譯成庫猶之蒙古源流每譯豁忽等音爲郭則庫灘必是霍灘曷思麥里傳與其主霍脱思罕戰遂平欽察據此二語則欽察國主當是霍灘霍脱霍灘音叶思字或是思字之誤西北種族國非一部部各有長意者亦納思爲欽察東部之酋霍灘爲西部之酋未可知也軍東北至浮而霍河告捷於太子术赤請濟師時术赤已下烏爾韃赤駐軍於裏海東部衆多暇分兵大半往助十七年冬新兵既至浮而嘎河冰合遂下阿斯塔拉干焚掠其城遇奇卜察克兵又敗之浮而

嗄河入裏海處地名阿斯塔拉干商賈大埠也曷思麥里傳尋征康里至孛子八里城與其主霍脫思罕戰又敗其軍遂平欽察西人考得阿斯塔拉干先時波斯商人貿易所萃回紇語謂城曰八里孛子當卽波斯之誤猶言波斯城揣擬有情惟康里在鹹海東決不在烏拉嶺以西裏海之北以此爲康里不合傳又云與其主霍脫思罕戰又敗其軍遂平欽察則仍是欽察而非康里霍脫當是欽察國主說見前觀速不台傳卽與曷思麥里傳軍行次第不符明人修元史絕不知康里欽察與阿速等部孰東孰西以致紀述各異不足據也　軍分爲二復引而西一軍追敗兵過端河一軍至阿索富海之東南平撒耳柯思阿速等部西書尙有哈薩兒部烏拔奇部不傳載遂自阿索富海履冰以至黑海入克勒姆之地卽元史西北地之撒吉剌祕史之客兒緇詳見撒吉剌釋地大掠而北兩軍復合霍灘遁入俄羅斯境乞援於其壻哈力赤王穆斯提斯拉甫俄羅斯者西北之大國也唐懿宗咸通三年始立國於北海之南其後拓地益廣南鄰黑海北宋時俄行封建之制諸侯王自以其地分畀子孫國

分七十同族日事爭奪哈力赤爲南俄列邦其王穆斯提斯拉甫能兵屢戰勝同族視蒙古蔑如也允其妻父之請遣告計掖甫王穆斯提斯拉甫羅慕諾委翊速不臺傳與斡羅思大小密赤思老遇一戰降之密赤思老即穆斯提斯拉甫之異譯計掖甫王年長故爲大集列邦王議兵事於是扯耳尼哥王穆斯提斯拉甫司瓦托司拉甫勒委翊此王年幼故爲小密赤思老俄語諾委翊猶云之子計掖甫王穆斯提斯拉甫爲羅慕之子扯耳尼哥王穆斯提斯拉甫爲司瓦托司拉甫之子或作諾委翊或作勒委翊則隨上文字音而變與南俄諸王皆至計掖甫諸王名繁不備載羣議出境迎擊勿待其至並告於俄首邦物拉的迷爾王攸利第二請出兵爲援分運軍糧自帖尼博耳河特尼斯特河以至黑海東北哲速二將聞俄羅斯起師遣使十八來告蒙古所討者奇卜察克夙與俄羅斯無釁必不相犯蒙古惟敬天與俄教相若奇卜察克

素與俄有兵怨盍助我以攻仇人俄諸王謂先以此言餌奇卜察克今復餌我不可信殺其使二將復遣人至謂殺我行人其曲在汝天奪汝魄自取滅亡今以兵來請決勝負庫灘又欲殺之俄人釋歸約戰俄史謂蒙古又遣人來告前言非誑我已誓於天矣決不相犯請勿用兵以此觀之實俄自取兵禍哈力赤王先以萬騎東渡帖尼博耳河敗蒙古前鋒獲裨將哈馬貝殺之諸王皆隨而東蒙古軍退追至喀勒吉河或稱喀勒喀又稱喀勒斫西南入阿索富海之河卽速不臺傳之阿里吉河或云追十日或云追十三日遇二將大軍時俄兵八萬二千分屯南北南軍爲計掖甫扯耳尼哥等部之兵北軍爲哈力赤等部及奇卜察克兵哈力赤王輕敵貪功不謀於南軍獨率北軍渡河戰於孩耳桑之地卽曷思麥里傳之鐵兒山乃地名非山名時屬欽察之地戰期或云西一千二百二十三年或云二十四年而謂二十三年者爲多蓋在太祖十八年癸未夏勝負

猶未決而奇卜察克兵怯敵先退陣亂蒙古軍乘之俄兵大敗哈力赤等王得脫渡河而西卽沈其舟後至者不得渡悉被殺俄之南軍不知北軍之戰亦不知其敗而蒙古軍猝至圍其營三日不下誘令納賄行成俟其出疾攻之殲戮無算（速不臺傳謂一戰降之不言獲而言降亦非無故）獲計掖甫扯耳尼哥等部之王縛置於地覆板爲坐具蒙古將領高坐其上飲酒歡會多壓斃者哲別令曷思麥里檻致扯耳尼哥王於太子朮赤誅之（此據曷思麥里傳兼本西書）是役也俄亡六王七十矦兵士十死其九攸利第二王得請兵信令其姪遏羅斯托王瓦西耳克康斯但丁諾委翊率衆往助（遏羅斯托城今日遏羅斯托弗哀）行至扯耳尼哥聞軍敗亟引退是時俄列城皆無備禦不能爲戰守計惟俟兵至乞降免死舉國大震乃蒙古軍

西至帖尼博耳河北至扯耳尼哥城諾拂郭羅特夕尼斯克城而止是冬端河浮而嘎河冰合全軍涉冰東行捷書至太祖行在命以馬十萬犒師封术赤於奇卜察克以轄西北之地十九年甲申术赤西行哲別速不台歸太子部兵自率所部平康里而東返中道哲別卒蒙古之滅康里不知在何年西書亦失考但似在戰勝俄羅斯之後而已元史阿沙不花傳阿沙不花康里國王族也初太祖拔康里時其祖母苫滅古麻里氏新寡有二子皆幼國亂家破無所依一夕有數駞皆重負突入營中驅之不去發視其裝皆西域重寶遂驅駞至京師時太祖已崩太宗立盡獻其所有據此則康里之滅當在太祖季年西域還師之後故距崩期不遠奇卜察克在西康里在東繫於哲速二將東還之下庶爲近似曷思麥里傳言軍還哲伯卒與西書同哲別子生忽孫爲千戶其子哈拉亦特從旭烈兀入西域哲別弟蒙都薩洼兒隸拖雷麾下其子烏勒思亦入西域阿八哈在位時令守海拉脫八脫吉斯邊界後人在西域者甚

衆

元史譯文證補卷十八

元史譯文證補卷二十二上

兵部左侍郎總理各國事務衙門行走加三級臣洪鈞撰

西域補傳上

西域爲唐波斯昭武九姓吐火羅等地唐初大食滅波斯之名中土不著而康史安何諸國興廢益不可考案遼史兵衛志屬國軍有波斯或其遺族或舉地望而言元史無波斯惟脫力世官傳言其祖國初領畏吾兒阿剌温滅乞里八思四部以兵從攻四川他處部族罕見八思之稱疑即波斯昭武九姓在錫爾河阿母河等地吐火羅更在其南大食爲阿剌比人奉謨罕默德之敎以敎王爲大君稱曰哈里發即郭侃傳之合里法元史類編云元史合字皆讀如哈良是或亦云哈里甫都報達在波斯西境元初波斯東境非哈里發所轄或謂報達即波斯者非也近儒多持此論朔方備乘以唐書波斯傳爲報達傳尤誤古時阿剌比人游牧於西里亞者西里亞在地中海東詳旭烈兀傳西

里亞人稱之若曰大抑繼而波斯人稱之若曰大希其後阿昧尼亞人突耳基斯單人稱之若曰塔起克拉施特謂成吉思汗起兵伐塔起克國其解如此詳見條支考阿昧尼亞在裏海西突耳基斯單在鹹海東突耳基爲突厥轉音斯單言地猶言突厥之地錫爾河一帶皆是唐書大食傳有陀拔斯單是知斯單之稱由來已久今人多作斯丹不知斯單之於古有徵也大抑大希塔起與大食音類唐書大食之稱蓋由於此大食既滅波斯益拓土而東分設大酋轄治各地未及三百載主權日替東方諸酋弱肉强食建邦啟土國姓屢易朝名綦多曰他海爾朝曰薩法爾朝曰薩蠻朝曰賽布克的斤朝曰布葉朝曰塞而柱克朝雖皆從教受哈里發冊封然不過虛名羈縻教主之權惟祈禱天帝文與鑄錢必用哈里發名國政軍令則不預焉塞而柱克烏古斯之部長也亦作烏斯又作古斯西人疑卽烏孫案裏海東濱有城名烏孫哈達哈達言城猶言烏孫城西人

所疑未嘗無見然烏孫烏斯兩音可通又蒙古稱水曰烏蘇亦與烏孫音近遼史會同元年烏孫來貢又屬國軍有烏古有烏孫强合爲一究無確據但可存疑居錫爾河及鹹海裏海間北宋中葉時據地自主塞而柱克之孫率其部族滅布葉朝盡倂其地西至地中海見羅姆國見下傳後王瑪里克沙有僕曰奴世的斤執刀衞左右甚見寵任除僕籍爲貨勒自彌部酋職視闊帥即元史地理志之花剌子模唐書西域傳之貨利習彌西人譯爲柯拉自姆訶之波斯人審定字音始知唐書譯音尤勝元史地在鹹海西南裏海東詳見西北地附錄釋地其子庫脫拔丁諛罕默德乘塞而柱克朝之衰諸酋裂土自王亦僭稱貨勒自彌沙沙爲君稱唐書突厥回紇傳可汗以下曰設曰察曰殺皆別部將兵酋蓋即沙也金既滅遼耶律大石西來敗塞而柱克之兵復遣將征貨勒自彌時庫脫拔丁已卒其子阿切斯戰敗被擒誓臣服歲貢金乃與盟釋歸遼史耶律大石至尋思干西域諸國舉兵十萬號忽兒珊來拒戰忽兒珊大敗駐軍尋思干回

回國主來降貢方物尋思干卽撒馬爾干忽兒珊卽唐書大食傳之呼羅珊其時塞而柱克建都於是部見下馬魯注中今審字音以呼拉商爲最合阿切斯子伊兒阿斯蘭亦服屬西遼而吞併東南近境時塞而柱克王日辛者耳亦日散者耳爲瑪里克沙之子亦納貢於西遼伊兒阿斯蘭子塔喀施於宋光宗紹熙五年滅塞而柱克朝殺其王托古洛耳受報達哈里發那昔爾之封是爲貨勒自彌之朝本其始起部落爲名以別於塞而柱克宋甯宗慶元六年塔喀施子阿拉哀丁謨罕默德嗣位復幷巴而黑句海拉脫句馬三德蘭句起兒漫各部之地注見下戰敗奇卜察克自以地廣兵雄莫余敢侮本國奉謨罕默德教而西遼奉釋教貢於異教是爲大耻其時撒馬爾干酋鍔斯滿亦不甘臣西遼而願從西域王西遼使者至貨勒自彌舊例使者坐王側王斥辱之使者忿爭卽分斫其軀舉兵

向西遼兵敗併其將被獲天方歷六百五年西歷一千二百八九年間王乃僞爲將之僕也者其將令回國取貲贖主得逸歸而貨勒自彌之地已徧傳王隕於軍王弟阿立希耳與其伯叔將分國自立王歸乃定次年復與鍔斯滿合兵敗西遼凱旋以女妻鍔斯滿逐西遼監治撒馬爾干官遣使代涖未幾鍔斯滿與使者不相能殺之西域王輕兵掩襲乘未備破其城鍔斯滿頸繫刃首羃布以乞降回俗殮亡者以布蒙首降王如此請死之意也王女以鍔斯滿先娶西遼王女怨其夫寵禮不相等唆父殺之於是撒馬爾干布哈爾悉入版籍兩地詳見西北地釋地建新都於撒馬爾干稱貨勒自彌之烏爾韃赤城爲舊都焉烏爾韃赤即元史之玉龍傑赤秘史之兀龍格赤別有考乃蠻酋古出魯克竊西遼之國據直古魯之位西域王實犄角之故奚耳基斯單之地向

屬西遼者亦被割據詳見太祖本紀譯證國之東南境有郭耳圖西書云郭耳爲族類名印度河西皆其地西之巴而黑海拉脫亦其分部其王希哈潑哀丁攻西域王而敗旋病沒姪馬赫模特嗣位貢於西域王在位七年被害或謂即王主使阿立希耳前以訛傳兄死分國自立之嫌避於郭耳非洛斯圉都城至是請於兄欲得馬赫模特之位王遣使錫冠服乘其迎受突前殺之於是郭耳地亦併入天方歷六百十二年西歷一千二百十五六年統計疆圉東北至錫爾河錫爾河見一統志北源爲納林河南源爲塔爾河兩河既合中國仍謂爲納林西域人則謂爲錫爾數百年前本稱賽渾土語謂河爲達里雅故曰錫爾達里雅北至鹹海裏海鹹海裏海黑海考附後西北至阿特耳佩占西鄰報達南濱印度海國勢洸洋奄有波斯昭武九姓諸國故土無以名之循漢書之名名曰西域揣度元史命名之意實有苦心特無列傳以相發明則無由釋地矣元史列傳

既稱回回國則甚謬西域王既幷郭耳後得其屬地曰嘎自尼即西北地附錄之哥疾甯詳後釋地在印度河西五六百里本郭耳故都時有將據地自擅至是亦歸併檢舊藏文卷得哈里發那昔爾與郭耳王書告以貨勒自彌人志在囊括席捲須愼防之惟謀於西遼南北合攻庶可得志從前希哈潑哀丁之搆兵蓋哈里發啟之也從前塞而柱克王遣官治報達奪哈里發權那昔爾怨之唆塔喀施覆其國塞而柱克既亡那昔爾欲得義拉克阿郞之地塔喀施不與亦憾之迨西域王日事吞併教王兵力不足以制乃以書告郭耳前王基亞代丁爲希哈潑哀丁之兄原書錯綜互見融貫其說而附錄於此王見書大怒遣使報達欲如塞而柱克朝故事遣官涖治專以教事屬哈里發祈禱文增已名並封已爲蘇爾灘蘇爾灘猶言皇帝曰沙曰汗曰瑪里克亦之元史等書速檀鎖潭算灘算端之稱皆卽此當時僭稱尊號未有冊封故爲此請今土耳其稱蘇爾灘波斯仍稱沙那昔爾不允王乃傳集各教士數那昔爾不能廣闡教化之罪報達之阿拔斯朝實奪

忽辛之位今宜廢那昔爾別立阿里後裔爲哈里發謨罕默德傳教有兩派一爲其壻阿里一爲其伯叔後人阿拔斯忽辛則阿里之子當時佔忽辛位者乃倭馬亞後人非阿拔斯而是時哈里發爲阿拔斯後裔故云然詳見報達傳衆教士應曰然遂發檄起師先平義拉克之亂亦曰義拉克阿鄭省文稱義拉克瀛環志略作以拉亞日迷爾又云一作以辣波斯人云應曰阿拉克阿鄭西人作義拉克阿朮迷係誤先有大酋據守而屬於西域王哈里發遣木剌夷人剌之令法而斯阿特耳佩占兩部主分其地敗法而斯兵擒其部主沙特阿塔畢沙特其名阿特畢猶言大畢今新疆回部稱其酋長曰比比即畢也割地輸賦乃釋之阿特耳佩占部主鄂思伯克敗遁旋亦來請成天方歷六百十四年西歷一千二百十七八年鄂思伯克亦作鄂思伯即畢比等稱朮赤後王譜思伯皆是唐書突厥傳有努失畢疑亦此稱餘詳本紀譯證注遂往報達中途大雨雪士馬僵斃前鋒在庫兒忒山中即曷思麥里傳之曲兒忒乃族類名非國名在報達北三百數十里黑海之東南今屬土耳其負固山中不其受約束爲士人所攻一軍幾盡沒教人謂爲天譴乃引退至義拉

克分地諸子以義拉克畀屋肯哀丁以起兒漫遼史耶律大石西至起兒漫卽位卽其地瀛環志略作給爾滿亦作克爾曼劉郁西使記作乞兒彎西人亦稱克兒漫克赤句梅克藍皆近印度洋爲今俾路芝之地畀吉亞代丁畀札拉而哀丁忙果必而體札拉而哀丁卽元史之札蘭丁丁謂敎札拉而謂崇高言敎之崇高忙果謂天必而體謂送與言天所與也祕史作札剌勒丁尤勝元史以下從祕史以嘎自尼句八迷俺句波斯武昔義斯單部內首城今此部多半屬阿富汗郭耳之地鄂斯拉克沙爲王母士而堪哈敦所鍾愛欲其子傳位畀以貨勒自彌句呼拉商卽唐書之呼羅珊瀛環志略作哥剌森海國圖志又作可拉散哥拉撒馬三德蘭三部志略作馬郎德蘭馬散地蘭圖志又作馬撒得蘭馬三德蘭從其音合者以上分地次序自西而東而北蓋舉地勢而言非伯仲叔季之次序也西域之民竊議其私祿位於子王有兵四十萬皆康里人突厥人西書稱突克蠻突克郎突厥蠻謂同類與突耳克同義詳突厥回紇考康里見元史與民不洽土而堪哈敦爲康里巴牙烏脫部主勤克石

之女康里人多從至西域入伍籍勇於戰陣王倚其力戰勝攻取以是康里將多跋扈横索土而堪之權亦以是埒於其子國雖大本末固也先是太祖伐金傾國遠出乃蠻蔑兒乞得以其暇復然餘燼煽結遠近太祖十一年丙子自引大軍北還當時太祖伐金已如破竹而先自引歸殆非無故此可補元史之闕次第命將定遼東之亂見元史討蔑兒乞元史速不台傳丙子征蔑里乞親征錄記於丁丑皆與西書相合祕史云牛兒年在伐金前乃是乙丑係誤元史平秃馬祕史命孛羅忽勒征豁里秃馬惕在丙寅後伐金前元史十二年丁丑秃滿叛命鉢魯完朵魯伯討平之在伐金後與西書同祕史亦有僅稱秃馬惕者豁里二字不得其解案西域史云拜嘎勒湖東有四族曰呼里曰不里牙特曰廓拉失曰秃馬特四族總名之曰巴兒忽特呼里豁里音同或此族亦從叛祕史牽連言之餘詳朮赤傳及部族考祕史之說先後兩役西書則云秃馬雖平孛羅忽勒亦歿於是役與親征錄語同英人霍耳鄂特疑即今之土默特旗聆音生義不可爲訓猶今之柰曼巴林二旗必非元初之乃蠻巴鄰也自將征西夏克之命哲别征古出魯克戰

勝逐北逃至喀什噶爾民銜舊恨殺其部卒復西奔僅三人從哲別追至撒里庫爾道上近巴達克山界有山谷曰韋拉特呢不通行人古出魯克匿伏於内哲別遇牧羊人詢得蹤跡乃守隘口而令獵者入捕得之斬其首以徇各地本紀失載僅見於曷思麥里傳此役在太祖十三年親征錄在戊寅相合祕史在伐金前不合錄云至撒里桓地克之祕史追至撒里黑崑地面案徐松西域水道記塞勒庫勒在葉爾羌城西八百里爲外藩總會之區又注云塞勒庫勒西南三日程曰乾竺特乾竺特西北九日程曰拔達克山宋時拔達克山界至何處不可考而塞勒庫勒之卽撒里庫爾可無疑義祕史之撒里崑爲庫字轉音惟衍黑字錄云撒里桓殆訛西書謂獻其首於太祖則必行經葉爾羌和闐等地與史傳持其首以徇地之說互相發明西域書敘述此役亦非甚詳但云哲別敗古出魯克於昆都雅河卽今之裕勒都斯河在天山南又云西域殺商奪貨之時古出魯克僅有和闐葉爾羌數城以意揣之當是先平天山西北西遼故都之地又追逐至天山以南而藏事於葱嶺之西西遼境内悉定於是東惟蒙古西惟貨勒自彌兩大國壤錯界接而西征之

役起當西域王自報達東歸既定諸子封地遂至布哈爾其時天山西北西遼之地已入蒙古崔苻悉靖行旅無阻與上注語參觀有西域商三人自東來賚太祖所饋白駱駝毛裘麝香銀器玉器述太祖語若謂予知貴國爲極大之邦君治國才能遠邁於衆予慕悅君等於愛子君亦應知予已平女直盡撫有諸部族予國之兵如武庫予國之財如金穴予亦何必再攘他人地耶願與君締交通商賈保疆界即夕王召內中一人曰馬黑摩特入見謂汝爲我民當以實告聞彼征服大賀氏然否多桑書字音如曰唐喀氏義不可解其所謂唐必非唐宋之唐及注西游記有謂漢人爲桃花石一語循是以求乃悟即契丹之大賀氏也蒙古稱中國爲契丹今俄羅斯人尙然唐大音近法文於花哈等音每訛爲喀西人譯波斯史誌帖木兒事爲唐喀氏汗即契丹皇帝遣使於帖木兒考其所載年分爲明洪武三十一年正傅安等被留導游之時因知唐喀氏之稱由契丹而來西人考古錢之書有

契丹錢鑄於宋仁宗慶厤三四年間云錢上有唐喀氏字音因是知契丹盛時仍沿大賀氏之舊稱故鄰國亦以氏稱之啟奩取珍珠與之馬黑摩特對以實然王又曰蒙古汗何等人乃敢視我如子彼兵數幾何馬黑摩特見王有怒意乃曰彼兵雖衆然與蘇爾灘相衡猶燈燄之與日光也王意釋令往報如約未幾又有西域商自東還太祖命親王諾延各出貲遣人隨以西行購其土物有衆四百數十皆畏兀人行至訛脫喇兒城即訛答刺亦即斡脫羅兒西游錄又作訛打刺在錫爾河濱今城已湮廢哀忒蠻所譯更有太祖令人告城酋之語亦是守約通商締好之意不錄城酋伊那兒只克悉拘之元史作哈只兒只蘭禿本康里人土而堪哈敦之弟授王爵有格兒汗之稱以蒙古遣細作告於王王令盡殺之惟一人得逸歸報西域人訥薩斐云內中四人爲所遣餘皆商侶以其詢訪各地出產盛言蒙古之强迹近窺探故殺之然亦伊那兒只克之意非王命也耶律楚材西游錄云訛打刺城渠酋嘗殺命吏掠商賈西伐之舉由此皆符合祕史謂撒兒塔兀勒殺使

臣兀忽納等百人兀忽納見下當報達之被兵也哈里發蓄忿思報復而環顧列邦無可謀者聞蒙古盛強乃遣使潛來導以西伐然太祖方修鄰好無用兵意多桑未載哀忒蠻載之其後札剌勒丁自印度西還建國首攻報達謂蒙古之兵由哈里發招致多桑又載之則其始起事必有因故據以增入哀忒蠻云翦使人之髮書字於頂迨蓄髮稍長乃潛蹤東行既謁太祖具言來意詢以何據則請翦髮譯其頂上字若云請汝來攻貨勒自彌國然太祖重信約以力修好不欲用兵云云據此以觀實是西域自取滅亡而太祖兵以義動矣既聞逸者歸報驚怒而慟免冠解帶跪禱於天蒙古禮節見本紀譯證誓必雪恨其時古出魯克餘孽猶未靖乃先遣西域人波合拉為使當即祕史之兀忽納偕蒙古官二人往詰責謂先允互市交好何背約如訛脫喇兒所為非王意請以酋為償返所奪貨不則以兵相見王箠死波合拉薙蒙古官鬚釋歸以辱之自聚兵於撒馬爾干忽錫爾河北警至蔑兒乞部人自康里

境來王亟由布哈爾至氈的城至則聞古出魯克已死蔑兒乞逐王北行抵海哩句哈迷池兩河間見蔑兒乞人被殺者相屬於道一人傷未死詢之則云蒙古軍夜追及戕我等而東去計行程當未遠也進軍追之越日追及拉施特未言蒙古將何人訥薩斐謂係朮赤阿卜而嘎錫未言蔑兒乞但云朮赤逐古出魯克已散之餘黨戕之於喀白里喀立蚩兩河間而去西域兵追及朮赤欲戰諸將以衆寡不敵出師時惟奉命平乃蠻餘孽未奉命與他國搆兵我退而彼復進若僅偏師乃可以戰朮赤怒謂見敵而逃何以歸見我父及諸弟遂戰朮赤十盪十決幾攻至中軍旗下者數矣札拉而哀丁敗蒙古旁翼來援中軍朮赤不得逞夕罷戰多爇火以疑敵未曉即馳去歸告太祖大見嘉獎與此微異案元史耶律留哥傳子薛闍從征西域帝曰回回圍太子於合迷城薛闍引千軍救出之身中槊此言哈迷池河疑河旁有合迷城或即此役又案速不台傳己卯追蔑里乞部主霍都至欽察戰於王峪敗之蔑兒乞之滅錄云嶄河祕史云垂河蓋即吹河考今俄圖塔什干北偏西約五百里有喀迷池克河必即此哈迷池河東至吹河僅四百餘里西流盡處距錫爾河咫尺速不台此役未必遠至欽察史傳之言不盡可憑而與貨勒自彌之軍相遇

則地里極合至康里居地徧考西書當以鹹海之東爲合他西域人亦有謂速不台之師者蒙古將遣使來告我所仇者蔑兒乞與他國無釁出師時奉主命若遇貨勒自彌人當以友誼相待今請分所掠以犒師王輕其兵少乃曰汝雖不仇我上帝令我仇汝蒙古遂戰蒙古兵敗其左翼攻至中軍札剌勒丁以右翼敗蒙古兵來援中軍至夕始罷戰勝負略相當蒙古兵多然燈火於營乘夜疾馳去王亦歸撒馬爾干知蒙古爲大敵心怯戰集諸將議計以與野戰不利不如深溝高壘任其飽掠颺去議既定乃以其軍分守錫爾河阿母河各城

太祖十四年己卯天方歷六百十五年西歷一千二百十九年會師於也兒的石河元史也兒的石河即額爾齊斯河案額爾齊斯上游有華額爾齊斯喀喇額爾齊斯華言黃喀喇言黑黃黑二水合流則爲額爾齊斯河光緒九年中俄科布多界約有黑伊爾特什河即喀喇額爾齊斯河伊爾特什與也兒的石音合據是以觀則額爾

齊斯河亦必稱爲也兒的石今西國圖卽作伊爾帖石以馬之芻秣緩師期畏兀兒王巴而朮巴而朮阿兒忒的斤見元史列傳省文稱巴而朮柯耳魯王阿而斯蘭卽哈剌魯詳柯耳魯釋地阿力麻里王雪格那克的斤卽伊犂西游錄作阿里馬西書作阿而麻里詳見太祖本紀譯證皆以兵來會衆號六十萬偵者歸報蒙古兵不可勝紀饑餐羊馬之乳渴不得水則飲其血行不賚糧戰不反旆萬衆一心有進無退王亦惶懼計無所出太祖軍至錫爾河無禦者原書評謂西域王漫無布置坐守致斃不類其向日所爲或謂觀象者告王凶星守舍戰必不利惟當堅守待時或謂王旣併各地志滿氣驕將怨其王王疑其將故使分守各城以防內亂訥薩斐則謂有西域人貝鐸哀丁全家受刑怨其王知國之隱情投入蒙古獻策僞爲康里將與成吉思汗書云我等所以盡力輔王成大業者爲土而堪哈敦故也今王乃不孝其母大軍如來我等當內應故遺其書使王見之王果大疑遂不敢在軍中而爲分地自守之計揣度不一觀速不台傳其主委國而去則未嘗力禦固可知矣秋薄訛脫剌兒城耶律楚材傳己卯夏六月帝親征回回國禡旗之日雨雪三尺當日軍行

之路自額爾齊斯河上游直南行逕烏魯木齊伊犁等地迆邐而西南以至錫爾河有邱長春西游記行程可考計師行迅速亦須兩月餘故他西書謂西十月至城下合之中歷則九月間也　分軍爲四察合台窩闊台一軍留攻城朮赤一軍西北行攻氊的城阿剌黑元史伯顏傳祖阿剌襲千戶職平忽禪有功得食其地忽禪即忽氊見下祕史卷五失兒古額禿之子阿剌黑即此伯顏之曾祖述律哥圖又即失兒古額禿也速客圖句　托海一軍東南行攻白訥克特城皆循錫爾河太祖自與拖雷將大軍逕渡錫爾河趨布哈爾城名今亦爲部名以斷其援兵是時西域王駐撒馬爾干在東布哈爾在西其舊都烏爾鞬赤更在西北擣其中則新舊都呼應不靈所以斷其援也先西破布哈爾返而東攻撒馬爾干太祖兵法如是察合台窩闊台之攻訛脫喇兒也伊那兒只克部兵數萬繕守完備王分軍萬人令將哈拉札率往助守攻五月不下哈拉札以力困議降伊那兒只克自知無生理誓死守哈拉札夜率親軍潰圍遁被獲乞降因詢得城內

虛實數其不忠之罪而誅之遂克其城伊那兒只克退守內堡一月始下檻致撒馬爾干大軍鎔銀液灌其口耳以報殺商奪貨之仇夷其城殲其衆朮赤一軍先至撒格納克遣畏兀人哈山哈赤諭降被殺力攻七晝夜城破大俘馘以哈山哈赤之子主其地復下奧斯懇句八兒眞詳巴耳赤邦釋地遏失那斯三城行近氊的見元史西北地附錄皆在錫爾河下游西北濱西書云鄭式乃氊的之訛守將先遁招降未下兵已傅城樹雲梯四面入驅民赴鄉以未抗拒得不殺以阿里火者主其地卽西域商三人中之一也西距鹹海二日程有養吉干城亦下之見元史西書音似因吉懇城已久湮廢近年遣俄人於沙磧中掘得古城遺址考卽此城畏兀兵萬人歸以土人補軍額尋以其不服約束擅殺伍長統帥台納爾驅散其衆阿剌黑三將至白訥克特攻三日降其城

分康里兵與民於兩處盡殺康里兵取工匠隨軍驅民閒壯丁以往忽氊見西北地附錄伯顏傳作忽禪法文稱苦程詳忽氊釋地城酋帖木兒瑪里克守河中洲矢石不能及與城守爲犄角造舟十二艘裹氊塗泥以禦火箭日與蒙古軍戰三將以兵力不足請濟師師至驅民運石於山塡河築隄以達於洲帖木兒瑪里克見事急以舟七十二艘載軍士輜重以往白訥克特蒙古軍先以鐵索鎖河斫斷之始通而兩岸皆追兵前路亦多阻捨舟登陸且戰且行兵死傷殆盡僅三人從射追者中目乃得脫遂至烏爾鞬赤取其兵以往養吉干殺朮赤所置守吏復回烏爾鞬赤其後從札剌勒丁太祖大軍先至賽而奴克城他書或謂卽塔什干無據遣丹尼世們諭降之簽壯者爲兵令導者循沙漠僻路行突至努爾城前鋒將岱

爾巴圖招降之城中未備禦即乞降太祖令速不台收撫令如向日賦額輸金錢千五百底那西域金錢名今中國金貴一底那合銀二兩有餘尤侗忽魯謨斯竹枝詞紅土銀砂白石灰鴉鴣青綠寶成堆爭把底那游戲去鐵牌絡索闢羊來十五年春師抵布哈爾書紀師至城下在西三月與爲中歷正二月晝夜不絕攻城兵二萬突圍遁追及於阿母河殲焉民出降太祖入至教堂歷一時許復出城原書云教中戒飲酒成吉思汗以酒囊置堂中以經卷箱爲馬槽登教士講臺傳集民人諭以背約殺使起兵復仇之事上帝生我如執鞭之牧人用以箠撻羣類非汝等得罪上帝天何生我丹尼世們譯其語以令於眾籍富民令出窖藏財物時猶有康里兵據內堡驅民填濠以進十二日堡破悉死令民畢出城既出則以兵圍之取爲奴焚其城師循賽拉甫散河至撒馬爾干凡五日程分軍下河濱寨

堡西域王先駐撒馬爾干督民修城浚池聞蒙古師衆懼而謂敵軍投鞭足以斷流我不可以居此卽先去城有兵四萬（志費尼云實有十一萬六萬爲康里突而克一類人五萬爲塔起克人波斯人）牆堞高固守具完備太祖見不易攻令先圍城朮赤等三路師亦皆傳城下土兵出戰客兵不爲援中伏盡殲（土兵卽波斯塔起克人客兵卽突而克康里人）康里兵自以與蒙古同類事亟而降不至殘害故無鬬志太祖誘其降許先以妻孥出城民不得已亦降守將阿兒潑汗引親軍潰圍遁內外城兩重五日悉下以康里兵三萬別居一處令薙髮結辮示將入軍籍夜乃盡殺之取工匠三萬分於各營民丁三萬任役作餘民五萬令出金錢二十萬復其故居遣官守城命哲別速不臺各率萬人追西域王戒以遇彼軍多則不與戰而俟後軍彼逃則

亟追弗捨所過城堡降者勿殺掠不降則攻下之取其民爲奴不易攻則捨去毋久頓兵堅城（此則深合機宜若如祕史所云自回回住的城邊繞去不許動他百姓兵入敵境數千里安能如是）西域王之去撒馬爾干也蒙古兵甫渡錫爾河智謀之將勸王速徵貨勒自彌等處之兵結一大軍備戰號召部民同心禦侮力扼阿母河則錫爾河外險雖失猶有內險可守或勸王往嘎自尼如敵深入則赴印度其地暑熱山多敵不敢進王以其計萬全從之使人至烏爾鞑赤告其母妻往馬三德蘭山堡避兵王渡阿母河行抵巴而黑其子屋肯哀丁自義拉克遣使至迎父西行有兵有餉可以共守王又改計從之札拉勒丁時從父願假統帥之職守阿母河王斥其少不更事不之許旋聞布哈爾陷繼聞撒馬爾干亦陷王亟往義拉克從

兵皆康里人陰謀叛王有戒心宿輒易處一夕已他徙而空帳爲叢箭攢射幾滿至你沙不兒見曷思麥里傳卽本紀之匿察兀兒地里志之乃沙不耳西四月十八日至此城聞蒙古兵已渡阿古河僞言出獵逃赴義拉克西五月十三日出逃哲速二將抵亰綽克彼處土語五道河之解地形著圖中欲渡阿母河而無舟伐木編枝榦爲箱篋置輜重器械於内裹牛羊皮於外繫馬尾驅以泅水得不沈溺將士攀援以隨全軍遂渡既渡河分道行哲别八呼拉商彼時呼拉商分四郡一馬魯一你沙不兒一巴而黑一海拉脱巴而黑民納幣輸款破薩伯城沿路探詢王蹤跡分遣人招降各城前鋒至你沙不兒民饋糧請俟其主就擒後歸附哲别至城下西六月初五日亦饋糧令貴紳出見予以太祖榜示大意謂天已畀我西域降者得安不降者殺無赦速不臺軍經徒思見本紀枯姆合音曰昆其地有昆

河故名在呼拉商與義拉克之中馬三德蘭之東南噶部瑠句伊斯法楞句塔蜜干句西
模曩即西北地附錄之西模娘等地不遇西域王欲西赴義拉克哲別自馬
三德蘭踰山而南兩軍遇於合而拉耳城裏海南義拉克北今波斯台哷而覽都城
東城已陷乃復合西域王與屋肯哀丁率數萬人守義拉克之可斯
費音城即地理志可疾云費音二字併合急讀軍警至父子分路遁王與吉亞代
丁入喀隆堡途遇蒙古軍射傷其馬居堡中一日即西往報達
追者至知王已離堡不攻而追王改道西北逃入雖而哲寒山
堡駐七日至基蘭裏海西南濱部名彼時爲其國西北邊省元史西北地附錄之低簾在此部內志略作義
蘭又伊蘭倚蘭復東至馬三德蘭行李盡失蒙古軍亦入馬三德蘭破
其會城曰阿模爾即西北地附錄之阿模里掠阿士特拉拔特裏海東南商賈市埠有城
王竄匿海壖憂窮追無已時謀入裏海艤舟以待馬三德蘭舊

有部酋爲王所殺地亦被幷其子思復仇白王所在兵跡至王亟登舟有三騎入水追之溺而斃射以矢亦不及舟至東南隅小島王胸脇中寒憂悸成病島民供粗糲乏醫藥病革召其子札剌勒丁鄂斯拉克沙阿克沙阿克沙當是其季子命札剌勒丁嗣位以佩劒繫其腰越數日卒無殮具埋屍土中他西書考得王卒爲西一千二百二十一年正月十一日合之中歷爲太祖十五年十二月間耶律楚材傳庚辰冬大雷楚材曰回回國王當死於野時序正合速不台傳蔑里逃入海不月餘病死亦合惟速不台傳繫之於壬午係誤蔑里卽瑪里克西域語猶言王非其名也屋肯哀丁遁起兒漫居半載餘率衆回至合而拉耳蒙古將台馬司句台納爾來攻遁入蘇呑阿盆脫堡攻半載堡破被殺西域王母土而堪哈敦居烏爾犍赤見耶律楚材西游錄太祖自撒馬爾干遣使者丹尼世們往謂哈敦之子不孝於母開罪於我我欲得而甘心

馬哈敦所主地我不相犯速遣親信人來我與面議土而堪置不荅而自避去先時兼幷諸部落故酋皆居舊都恐爲變悉投之阿母河忒耳迷酋八迷俺酋斡克石酋巴而黑酋父子塞而在克王托古洛耳二子郭耳王馬赫模特二子雪格納克酋二子惟倭馬爾故酋未殺使導行仍害之途中入馬三德蘭伊拉耳堡據商山甚險峻哲速二將追西域王經其堡知王母在內留軍圍攻絕其汲道踰月不雨堡民渴欲死引軍入夕卽爾以王母妻送致太祖軍中時太祖已在塔里堪卽本紀之塔里寒殺其幼孫土而堪後隨大軍而東太宗六年沒於和林王女四人以一與丹尼世們以二女與察合台察合台自留其一一與其將其先嫁鍔斯滿之女爲葉密爾一商人所得太宗六年爲西一千二百三十二年札剌勒丁與其二弟旣藁葬其父由芒格世拉克之地裏海東偏南至烏爾鞬赤自土而堪去後城無主守兵六萬多康里人間札剌勒

廣雅書局栞

丁嗣位皆不服欲謀害事覺札剌勒丁與帖木兒瑪里克以三百騎出奔西一千二百二十一年二月初十日爲太祖十五年底十六年初南踰沙漠入呼拉商遇蒙古游兵七百人於訥薩城西使記作納商敗之將至你沙不兒蒙古軍追及此是拖雷之軍見下追至歧路令其將禦戰自從間道逸去追其將敗退札剌勒丁已去久復逃所向追者乃止札剌勒丁出奔後三日兵近烏爾鞬赤此是朮赤等軍見下鄂斯拉克沙阿克沙不敢居守亦出奔循兄後以行近訥薩遇游兵避入喀侖特耳堡兵來攻堡人出禦令其乘間逃逸蒙古兵見之不戰而追行抵小部落曰勿世特又有游兵自他道至殺之惟札剌勒丁得脫由海拉脫東南遁入嘎自尼太祖既定撒馬爾干十五年夏避暑於渴石即西游記之碣石明史作渴石南即鐵門本紀移於十六年係誤秋命朮赤察合台

窩闊台往征烏爾鞬赤自將起師至忒耳迷詳西北地附錄釋地呼城開門納降不應攻十日破之大殺掠一老婦有大珠不肯獻而吞於口剖腹取其珠於是尸多被剖至賽蠻分軍收巴達克山等地賽蠻未詳命拖雷將兵往呼拉商為哲別速不台後援平其未定之地阿母河北悉定遂自渡河當在十五年冬元史張榮傳從太祖征西域諸國庚辰八月至西域莫蘭河不能涉太祖召問濟河之策榮請造舟以一月為期乃督工匠造船百艘遂濟河案一月之期太促或者史書故神其說然亦必在十五年冬阿母河土人稱阿母夜河以河濱有阿母夜城又曰阿母耳河莫蘭似是母耳之訛惟蒙古謂河曰沐漣又疑為河之重言巴而黑城迎降太祖以將南行留其城恐為後路患令民悉出焚城巴而黑即元史之班勒紇西北地之巴里黑西游記中秋抵河上乘舟以濟即夜行過班里城甚大亦即此城入塔里堪山中即元史塔里寒巴而黑東約四百里攻諾司雷脫柯寨先遣將往以山峻攻六月未下大軍至猛攻牆堞多毀守兵潰遁惟騎兵得脫步卒盡死凡七

月始下屠而隳之十六年夏避暑於塔里堪以在山中故本紀曰寨朮赤察合台窩闊台攻烏爾鞬赤其時王母先去札剌勒丁兄弟亦出奔城民公舉庫馬爾爲首領前鋒兵至守兵出禦中伏敗衂朮赤下令軍中我父將以此地封我毋許焚掠遣人招降當西域王居海島時使諭城民力不能禦蒙古由民降敵紓禍而守將兵士不願遂堅守近城無石伐大木爲衝車垣堞堅厚猝不可破城跨阿母河彼時阿母河尚入裏海城居河上爲橋以通往來遣兵斷其橋三千人往皆死守者益膽壯朮赤察合台素有違言觀元祕史可知師不和六閱月不克使人告太祖於塔里堪太祖廉得其實改命窩闊台總諸軍此與祕史親征錄微異然敘事曲折入情考事計時皆合乃和解兩兄併力亟攻城破後巷戰七晝夜盡分民於軍一兵得二十四人既

而悉戮之惟工匠婦女幼稚得免決河水淹其城察合台窩闊台赴塔里堪會師朮赤仍駐鹹海裏海間元史元祕史皆云朮赤同來而親征錄與拉施特等書皆云朮赤未來語詳朮赤傳拖雷一軍以脫忽察兒爲前鋒親征錄祕史命哲別爲前鋒速不台繼之脫忽察兒又繼之卽此脫忽二字與西音不叶訛爲圖格據西書云係太祖壻下文所云又與祕史不合親征錄在壬午係移下一年祕史云兔年大誤渡阿母河至訥薩擄民運石樹礮攻半月城圮兵自缺口入大屠戮原書謂殺七十萬人似太多駐三日往喀侖特下堡以險峻不易下令獻衣裘萬襲以免納薩斐時居堡中目擊其事謂民允獻衣莫敢往送有老人冒死應役託其子於衆而後行既往果見殺至你沙不兒城不知其已降肆殺掠城兵射死脫忽察兒此與祕史不能相合別將代統其衆以兵少不攻城分二軍一軍至薩伯自窪城三日破之西一千二百二十年十一月爲太祖十五年冬一軍至徒思下其屬堡馬魯者塞而桂克朝之故都也舊名

馬魯今名梅而甫即本紀之馬魯與昔剌思係兩城爲呼拉商部内四郡之一後漢書木鹿城即馬魯見安息考哲別軍至馬魯察克即本紀之馬魯察葉可馬魯守將巴哈夷倭兒先遁馬魯民遣人降附舊時守將木直而倭兒從西域王西奔王卒回至馬魯議守禦民之不欲降者奉爲城主士卒亦歸之其欲降者懼禍及告信於昔剌思蒙古軍中昔剌思見本紀又名薩拉克斯與馬魯兩地時已有蒙古官駐守巴哈夷倭兒已降蒙古請往收其地助以兵而行至則盡爲所害太祖十六年春正月西一千二百二十一年二月二十五日拖雷下安狄枯城遂討馬魯先逐城外突厥人多桑云梅而甫近處有突而克人名曰喀伊爲康里同類其頭目曰哀而托格洛耳率其衆四百四十戶避兵往阿昧尼亞之阿克拉脫之地後八年蒙古兵至阿昧尼亞復避往黑海之南小亞細亞之地羅姆王畀以昂格拉地使居與東羅馬鄰界生齒既繁其子曰握托蠻遂率徒黨佔東羅馬近境爲土耳其國開基之主案今土耳其人自稱其國曰握托蠻蓋由於此奮力攻城木直而倭兒知不支

乃乞降佯允之軍入城併親族悉誅城民惟工匠婦女童穉得免發塞而柱克故王散者耳之墓西討你沙不兒（離梅而甫城十二日程）城有礮軍三千礮五百具拖雷亦以礮軍三千人自他處運石至輔以雲梯火箭百計環攻乞降不允春三月城破（西四月初九日）脫忽察兒之婦率萬人入城遇人畜悉殺以報夫仇拖雷聞人伏匿積尸中令悉斷其首分男女髑髏堆成阜夷其城惟工匠四百未死分軍毀徒思城外哈里發墓（爲哈倫阿釋阿夫之墓哈倫見唐書作訶論徒思先降於哲別速不臺追兵去畱守者被殺拖雷部將先下其城至是又分軍躪之）自由苦亦斯單至海拉脫（海拉脫一曰海里卽本紀之也里脫字爲尾音可不讀明史哈烈一名黑魯所謂元駙馬帖木兒既君撒馬爾干又遣其子沙哈魯據哈烈卽是地也今屬阿富汗俄羅斯欲窺印度此爲要衝英國助阿富汗築礮臺備守禦並思於印度河西開鐵路以達堪達哈爾堪達哈爾西北卽海拉脫海拉脫之東爲印度固斯大山橫截南北不便行軍故海拉脫爲阿富汗門戶亦卽西

北印度門戶英人所以越境助守也你沙不兒東南五日程案本紀云還軍經過木剌夷國大掠之渡搠搠闌河克也里等城祕史蒙文則云拖雷已取亦魯等城渡搠搠闌河攻出黑扯連城城破後回軍與太祖相合亦魯卽也里之轉音卽海拉搠搠闌河出黑扯連城無考河與城字音相類疑卽西北地附錄之朱里章城以朱里章河得名在裏海東南隅與木剌夷據地相近故軍掠其部他處河名城名更與搠搠闌不叶故疑是也又苦亦斯單之地亦多木剌夷人居堡亦可大掠西書無攻朱里章城之事不能融會但可存疑力攻八日兩軍死傷甚衆守將亦隕民乃請降惟誅守兵萬二千人旋奉太祖命東往塔里堪會師太祖以札剌勒丁居嘎自尼未下議率三子親征秋自塔里堪南行經凱爾徒俺城一月下之踰印度固斯大山西人皆稱興都故海國圖志作興都哥士哥字與京音不合故改固斯猶言山至八米俺以其城當衝留攻之命將失吉忽禿忽東南往喀不爾山中阻札剌勒丁旁抄之兵喀不爾今阿富汗都城在焉卽西北地附錄之可不里當札剌勒丁之奔嘎自尼也其地數有內亂守

將迭被殺札剌勒丁至衆情推戴復有西域王母弟阿敏瑪里克阿敏瑪里克本守他城避兵出走東南入嘎自尼合於札剌勒丁故祕史云篾力克走出與札剌勒丁相合庫拉起人賽甫曷丁阿格拉克率衆來助庫拉起爲族類名本居阿母河北避難來此疑是喀喇赤之異譯喀不爾土人亦起兵應之有衆六七萬騎聞大軍南來禦之巴魯安在喀不爾之北遇蒙古兵攻堡者敗之殺千人越八日失吉忽禿忽至戰竟日互有勝負次日再戰以阿格拉克所部不言賽甫曷丁省文稱阿敏亦然最勇鬭併力攻之仍不能勝札剌勒丁先令兵下騎以待見戰酣乃齊上馬衝突失吉忽禿忽大敗而退郎本紀忽都忽與戰不利之役西書作失吉庫圖庫與元史大異案祕史太祖命失吉忽禿忽做頭哨與札剌勒丁對陣而敗失吉忽禿忽郎失吉庫圖庫西人讀忽禿忽不順口乃譯成庫圖庫又元史張拔都傳從近臣漢都虎西征回紇河西諸蕃漢都虎亦郎忽禿忽也西書載失吉忽禿忽係成吉思汗征韃靼時所掠童子其時皇后孛兒臺尚未生子使育之遂視如子兵敗而歸成

吉思汗謂向日太易取勝故輕敵致敗自此不可易視戰事迨大軍至戰地相度地勢示以失機之故而責之太祖將略於此可見一斑祕史則云太祖助金軍平塔塔兒於營中拾得小兒訶額侖太后蓄爲養子喚做第六箇兒子乃是太祖義弟西書謂是孛兒臺養子說異陣獲一駿馬二將爭欲之阿敏以馬策撾阿格拉克之面札剌勒丁以其爲王母弟不能禁抑阿格拉克怒率庫拉起人去之喀不爾衆亦散札剌勒丁無如之何乃還至嘎自尼復退至印度河太祖破八米俺皇孫謨阿圖堪死之察合台子西書世系表皆作謨阿圖堪而此處又作毛杜干今改一律書云時察合台他往比歸而成吉思汗不令知僞言他適及與三子共飯佯發怒察合台惶恐伏地謂不敢逆父命成吉思汗乃曰汝既有是言我當告汝謨阿圖堪已陣亡汝不許傷悲於是察合臺忍淚侍食太祖怒屠其城畜類無遺毀爲平地失吉忽禿忽既敗太祖疾南行軍中不及炊皆啖米至嘎自尼則札剌勒丁已去遣官主其城仍疾追之及於印度河札剌勒丁屢招阿格拉克

等來助猶未至而太祖追及聞其欲渡河卽夕列陣迫之曉而戰先敗其右翼獲阿敏瑪里克殺之本紀云札闌丁與滅里可汗合帝自將擊之擒滅里可汗卽此瑪里克乃西域王爵之稱非名也未幾左翼亦敗中軍僅餘七百人猶死戰太祖欲生致札剌勒丁將士不發矢而惟環攻札剌勒丁策其馬自數丈之高崖投入印度河鳧水而逸時太祖十六年冬也月分不可得而詳矣西游記年分同元史係誤尋遣巴剌句土爾台元史親征錄只有八剌祕史則既遣巴剌往追復以欣都思惕與巴黑塔惕兩種人之間有阿魯句馬魯句馬塔剌撒等種再命朵兒伯朵黑申往征西書之土爾台疑卽朵兒伯惟阿魯脅等名無可徵考西書有阿格拉或卽阿魯究非確據馬魯必非梅而甫之馬魯今印度有馬塔拉斯城甚似馬塔剌撒然城在中印度之東當日兵未至此且於兩種之間亦不符合祕史此後但言巴剌自欣都思惕回軍未及朵兒伯一字他書又無可考只可闕疑仍從西書作土爾台渡印度河追之破壁耶堡壁耶河名躪轢木而灘志略作木而丹拉火耳志略作勞爾又云一作剌合亦作剌懷爲克什米爾之都城木而灘

其屬部也皆西北印度地已在印度斯單界內費耳沙波兒蔑里克波兒等地波兒言城印度語不知札剌勒丁所在攻木而灘城未下大暑熱遂班師太祖十七年春以札剌勒丁未獲軍退後嘎自尼民必復叛附命窩闊台往僞爲查閱戶口令民出城俘戮之取工匠從軍巴魯安之敗海拉脫城亦叛命按只吉歹往攻哈準大王之子見元史宗室表西書作伊兒知吉歹哈準先太祖卒六月餘始下屠城殺一百六十萬人軍旋恐有遺孽復遣兵突往再殺二千人惟十六人以居鄉得免內有一士人紀其事曾聞波斯人云蒙古當日殺戮之慘數百年來休養生息猶未復原西書則云蒙古誠好殺然亦其人反復有以致之觀太祖賜邱長春詔曰來從去背實力牽之故然是可知已太祖自循印度河西岸北行捕札剌勒丁餘黨時阿格拉克與他族相仇殺先死蒙古騎兵與波斯步兵至或殺或逐醜類悉平窩闊台既定嘎自尼請進兵昔義斯

單太祖以天暑止之親征錄云命三太子循河而南至不昔思丹城欲攻之遣使來稟命上曰隆暑將及宜別遣將攻之與西書說同昔義斯單部之首城曰波斯忒親征錄謂不昔思丹蓋忻文言之也當云昔義斯單之波斯忒城乃合祕史有昔思田郎昔義斯單也昔義斯單在印度河親征錄語微誤是夏避暑於巴魯安郎本紀八魯彎地有山溪故曰川本紀作十八年誤祕史作巴魯安客額兒音叶巴拉等自印度旋軍來會六月以西域大定設達魯花赤監治其地秋起師窩闊台來會於古南柯而千印度山北境自此渡阿母河歷布哈爾召熟悉天方教之教士曷世哀甫等二人來見詳述教規太祖謂所言亦是惟赴麥哈禮拜我不謂然上帝降鑒無在不燭何爲拘拘一地哉今此後祈禱文用巳名免教士賦役按邱長春西游記云壬午八月二十七日從車駕北回[illegible]月朔渡河橋而北九月杪巳至邪米思干壬午爲太祖十七年[illegible]定此年卽凱旋矣乃多桑書是年仍在印度河上游亥年欲從印度東入梯伯特以征西夏而山高林深險巇難進乃改道仍回八米俺以踰印度山冬駐撒馬爾干等語梯伯特

郎西藏蒙古源流作土伯特考其自注未言本自何人但引中國元史謂成吉思汗至東印度角端見乃班師玩其詞意蓋爲元史所誤而二十年正月還宮則拉施特與他書所紀年分相同在途歲月過多無事可敍乃羣引元史以意附會不知元史此說固不足憑也多桑著書時元史已有譯本西游記時尚未譯故有此誤今並刪去而以西游記與拉施特所言爲本庶爲得實又案太祖東歸之時正哲別速不台入欽察敗俄羅斯之時豈因二將暴師於遠故遲行以俟軍信耶

召术赤來會並令驅獸向東南備畋獵時术赤獵於錫爾河北經撒馬爾干渡錫爾河令西域王母妻及其親族辭別故土向國而哭原書下云軍士皆自其面前過不知何意豈羞辱之耶

察合台窩闊台獵於布哈爾來獻所獲术赤稱疾不至惟驅獸至塔什干供上行圍西書皆言术赤未來會與元史異

皇孫忽必烈旭烈兀來迎於葉密爾河葉密爾河見葉密爾考書紀忽必烈時年十一歲旭烈兀時年九歲忽必烈西書音爲呼必賚今改呼必賚甚合忽必烈殺一兔旭烈兀殺一鹿以獻書紀成吉思汗割兔鹿肉拭中指謂是蒙古射獵禮蓋割鮮之義且嘉幼孫能武也

太祖於途次大犒

三軍西書有地名曰布喀蘇起庫未詳二十年正月還宮西歷一千二百二十五年二月哲別速不台旣追西域王八海島復獲王之母妻軍由馬三德蘭南至義拉克風馳電掃所向無前降合而拉耳掠枯姆定哈馬丹下贊章皆城名贊章見元史西北地附錄破可斯費音以民嚴守多傷士卒殺四萬人北入西域之西北鄰部曰阿特耳佩占此下行兵多其鄰國非西域王矣本境 部主鄂思貝克年老鄂思貝克本奇卜察克人其先世爲塞而柱克王之僕後人爲阿特耳佩占阿而俺兩部之酋塞而柱克亡遂爲自主小邦稱阿塔畢下於蘇爾灘幷下於沙西使記石羅子國其王名奧斯阿塔卑卽阿塔畢乃君稱非名也不敢抵禦迎饋衣馬等物二將納降以其部內莫干之地裏海西庫耳河南饒水草便游牧遂駐冬西北有角兒只國卽曷思麥里傳之谷兒只在裏海黑海閒高喀斯山南聞大敵近境亟謀設備不知阿特耳佩占已降附無關志遣使約鄂思貝克明春合力夾攻蒙古而

廣雅書局栞

是冬二將即往角而只鄂思貝克之將阿庫世反爲前鋒突厥人（西書作寔爾克）庫而忒人皆從征鈔掠其境（曷思麥里傳招諭曲兒忒失兒灣沙等城悉降曲兒忒即庫兒忒在阿特耳佩占西南山中族類之名非城名或有城日曲兒忒亦未可知此時當已降附故來從軍）未及帖弗利司（角兒只都城名）角兒只人來禦阿庫世戰不利蒙古繼進敗之（西一千二百二十一年二月爲太祖十六年）軍南還再經台白利司（阿特耳佩占都城在倭而米雅湖東旭烈兀後王都於此）進攻梅拉喀（台白利司南近倭而米雅湖東南隅時似別一部落後歸阿特耳佩占）數日城破大殺掠（西三月三十日）欲從梅拉喀往哀而陛耳（小國名亦城名在梅拉喀西南）以山路狹隘（即庫兒忒人所居山内）改而南行意趨報達（梅拉喀西南往報達不及千里）哈里發那昔爾聞警徵哀而陛耳毛夕耳（即元史地里志之毛夕里在哀而陛耳西北隔體格力斯河）美索卜塔米牙各部主發兵助守（志略作美索不達迷亞）僅哀而陛耳毛夕耳兵至蒙古軍聞有備亦未往回至哈

馬丹徵民貢獻民以去年已輸納不堪一再需索遂殺留守官攻城兩日蒙古兵多夷傷而守將遁去民無固志城遂破縱兵大掠復北行破愛而達必爾城台白利司東南鄰近之城復西至台白利司鄂思貝克畏而避去留將居守納幣得免曷思麥里傳云帝遣使趣哲別疾馳討欽察今觀所紀師程則自哈馬丹北行後再不向南是時爲太祖十六年辛巳正親將追札剌勒丁之時西域指日底定乃令移得勝之師北征欽察遣使授策必在是年速不台傳於庚辰年追西域王之役誤繫之於壬午又誤云明年請討欽察本紀於北征之師又一字未及元史疏舛闕略於斯爲甚細考西書則印度河之戰哲速二將並未在列此又祕史之誤復北下賽拉白城遣使招下阿而俺之貝列堪城使人被害攻下之無男婦悉誅西一千二百二十一年十月事爲太祖十六年九月甘札城迎饋輸款阿而俺省城爲當時阿而俺北境角兒只帖弗利司城之東南得不被兵西北入角兒只復敗其衆角兒只南境大擾國都驛騷時哲速二將已奉太祖命北征奇

卜察克以角兒只境内山逕峻險溪澗縈繞戎馬艱阻不欲假道退而東行渡庫耳河破失兒灣之沙馬起城失兒灣國名沙馬起都城名裏海西濱部落曷思麥里傳云失兒灣沙城豈彼土省文之稱耶又破得耳奔特亦可云得耳奔奔字亦可讀如班地理志有打耳班即此今屬俄沙馬起在南得耳奔特在北踰高喀斯山北行此路最為平易東傍裏海速不臺傳引兵繞寬田吉思海展轉至太和嶺寬田吉思海即裏海太和嶺即高喀斯山徐氏松魏氏源何氏秋濤皆揣擬未得其實失兒灣部主拉施弍守山堡未下二將令以鄉導人來即罷攻拉施弍遣十人至殺一人以徇九人不善導者視此軍遂踰高喀斯山而北或作高加索加字音不叶改喀以後軍事見哲別補傳時為太祖十七年壬午多桑此節所敍二將軍情多本於阿黎意本阿拉青勒體耳居於毛夕耳部見聞易詳說當可據哲別二將去後不久復有蒙古一軍三千人自東來元祕史太祖既逐札剌勒丁之後搠兒馬罕云西邊有巴黑塔惕種的百姓合里伯王可命那里出征遂命搠兒馬罕征合里伯王或即此軍合里伯即哈里發西域諸地皆從其敎故云然時西域

潰卒聚於合而拉耳城有衆六千軍至或殺或逐西南至撒瓦見西北地附錄東南至枯姆至柯傷見地理志前此未被兵之城至是悉羅鋒鏑西至哈馬丹焚城入阿特耳佩占搜捕合而拉耳逃衆復敗之有遁入台白利司者傳檄指索鄂思貝克不敢抗匿悉以縛送軍東返太祖東歸定四子分地以和林舊業分拖雷蒙古源流謂幼子圖類守產是也以葉密爾河濱之地封窩闊台今塔爾巴哈臺一帶耶律希亮傳葉密里城乃定宗潛邸湯沐之邑西書之說誠爲有據見葉密爾考以錫爾河東之地封察合台東至何處不得其詳惟西書云察合臺夏至伊犂近處之山避暑則東界當至伊犂其時烏魯木齊尚屬畏吾兒西北地附錄雋來帖木兒封地悉併烏魯木齊東南在内蓋後來之事非始封也蒙古源流云次子珠齊於托克瑪克地方即汗位托克瑪克在吹河西說當不謬惟誤以察合臺爲長子朮赤爲次子耳以鹹海西南貨勒自彌之地并鹹海裏海之北封長子朮赤彼時如西北地附錄中撒耳柯思阿蘭阿思俄羅斯等地尚未平定

郎奇卜察克之地雖被兵亦未盡服屬西北地附錄之分域乃就其後而言當日未能如是也术赤令其將成帖木兒駐守烏兒鞬赤

附考元史本紀

太祖十四年己卯夏六月西域殺使者帝率師親征取訛苔剌城擒其酋哈只兒只蘭禿案克訛苔剌城西書在十五年耶律楚材西游錄苦盞城西北五百里有訛打剌城此城渠酋嘗殺命吏掠商賈西伐之舉由此又云戊寅達行在明年大舉西伐自是十四年起師

十五年庚辰春三月帝克蒲華城夏五月克尋思干城駐蹕也石的石河秋攻斡脫羅兒城克之案也石的石河必是也兒的石之訛在尋思干東北數千里駐蹕乃是十四年事元史之誤蓋誤於聖武親征錄遺脫已卯而從庚辰年起庚辰夏駐也兒的石河此後編年記事遂盡移下一年末又云自出師至此凡七年庚辰至乙酉祇有六年其誤可知元史從之無年不誤矣斡脫羅兒即訛苔剌蓋元史之十四年事本之他書十五年以下多本親征錄地名譯字不同遂致屑見疊出

十六年辛巳帝攻卜哈兒薛迷思干等城皇子朮赤攻養吉干八兒眞等城並下之夏四月駐蹕鐵門關秋帝攻班勒紇等城皇子朮赤察合台窩闊台分攻玉龍傑赤等城下之冬十月皇子拖雷克馬魯察葉可馬魯昔刺思等城案十六年攻城駐蹕皆是十五年之事而十七年之追札闌丁乃是十六年之事魏源云薛迷思汗即尋思干西游記作邪米思干鈞案卜哈兒亦即蒲華今稱布哈爾馬魯察葉可爲一城馬魯爲一城昔刺思又一城諸城名詳傳注中

十七年壬午春皇子拖雷克徒思匿察兀兒等城還軍經木刺夷國大掠之渡搠搠闌河克也里等城遂與帝會合兵攻塔里寒寨拔之夏避暑塔里寒寨西域主札闌丁出奔與滅里可汗合忽都忽與戰不利帝自將擊之擒滅里可汗札闌丁遁去遣八刺追之不獲案西游記云辛巳上將兵追算端汗至印度與西書印度河之戰年分相合自是十六年事瑪

里克爲西域王爵之稱加汗字不合臧里可卽瑪里克也徒思爲一城匿察兀兒爲一城餘地詳傳注中

十八年癸未夏避暑八魯彎川皇子朮赤察合台窩闊台及八剌之兵來會遂定西域諸城置達魯花赤監治之西書云朮赤未來與此異詞案親征錄三太子克玉龍傑赤城大太子還營所上攻塔里寒寨破後二太子三太子歸覲與西書說同邱長春西游記辛巳壬午年間屢言及二太子復遇三太子醫官而始終未及大太子亦是一證置達魯花赤亦當從西書記於十七年長春壬午九月卽隨帝北歸必是壬午年事

十九年甲申帝至東印度國角端見班師案太祖未渡印度河何由至東邱長春西游記班班可考程同文跋西游記謂元史言角端見與耶律楚材傳同蓋本於宋子貞所作神道碑極以歸美文正然非實錄也魏源註西游記語同怪誕不經斥之誠當惟元世角端瑞應朝野同聲非止晉卿墓碣陶宗儀輟耕錄云金華黃先生溍嘗曰子將以舉子經學取科第有一賦題曰角端亦曾求其事實否乎余曰未也因記史記司馬相如傳獸則麒麟角觿之語退而閱之按註郭璞曰角觿音端似猪角在鼻上堪作弓又云似麒麟而無角毛詩疏云麟黃色角端有肉張揖云角端似牛角

可以爲弓以此推之豈亦麟之屬與及考符瑞志名臣事略癸辛雜識等書乃始得其詳蓋太祖皇帝駐師西印度忽有大獸其高數十丈一角如犀牛然能作人語云此非帝世界宜速還左右皆震慴獨耶律文正進曰此名角端乃旄星之精也聖人在位則斯獸奉書而至且能日馳萬八千里靈異如鬼神不可犯也帝卽回馭至元庚寅江浙鄉試八月二十二日夜二鼓院中彷彿見一物馳過甚疾其狀若猛獸者軍卒從而喧哄因出角端爲賦題是知元人傳述已久直以命題試士但言是西印度非東印度輟耕錄又謂白湛淵先生續演雅十詩發揮有云西狩獲白麟至死意不吐代北有角端能通諸國語角端北地異獸也能人言其高如浮圖蓋在當時播爲雅頌之音藉藉人口明初史局諸公震於衆說遂闌入正史其以西印度爲東印度則宋子貞誤之也今印度犀牛革堅逾甲以火鎗鉛彈擊之彈匾而革不傷一角生鼻端多力能與虎鬭性喜水惡象見必觸之死形狀與郭璞張揖說合惟重大逾牛不僅似豕或者當日軍行見此詫爲異獸其後展轉傳訛遂至鋪張符瑞西書記太宗之世駐守阿母河南之軍再入印度破拉火耳城太宗薨期在城破後二日蒙古將領豈遂忘旄精人語耶必無是說可知又親征錄元祕史皆不載僅蒙古源流有之此書多怪誕之談尤不可據

二十年乙酉春正月還行宮案西書所載年分相同

元史譯文證補卷二十二

元史譯文證補卷二十二下

兵部左侍郎總理各國事務衙門行走加三級臣洪鈞撰

西域補傳下（太宗定宗憲宗三朝事）

太祖既定西域置達魯花赤以監治命四子各出兵千人駐守八迷俺（句）嘎自尼（句）塔里堪（句）石潑干（巴而黑西）阿里阿拔脫（句）格溫（元祕史太祖追札剌勒丁溯申河以至格溫斡羅羿釋爲河名當即此格溫親征錄云上避暑八魯彎川俟八剌那顏因討近敵悉平之八剌那顏軍至遂行至可溫寨可溫即格溫亦爲寨名）皆阿母河以南地西域西境鞭長莫及控制未周大軍既還餘燼復熾西域王子吉亞代丁避兵喀侖堡俟兵退潛出號召時義拉克爲西域二將竊據曰阿塔畢托干太石曰也特克汗（汗與阿塔畢皆其僭號）吉亞代丁先欲得也特克爲助而托干太石殺也特克奪亦思法杭之地（義拉克首

廣雅書局栞

城有二一哈馬丹一亦思法杭見地理志吉亞代丁至亦思法杭托干太石奉以爲主既得義拉克復得呼拉商馬三德蘭二部吉亞代丁無才不能馭衆惟以官號要結向爲密米爾者略如侯爵晉爲瑪里克向爲瑪里克者晉爲汗諸將專恣自擅無餉以給任其掠奪故部衆有思札剌勒丁者札剌勒丁既泅水得免潰卒亦多渡河沿途掠衣食以行敗印度別部之衆聞巴拉等軍來追謀入得里中印度都城名志略作德列請於其酋伊勒脫迷失亦突厥一類人其酋畏之婉詞以謝使往木而灘其時木而灘拉火耳別爲印度西北列邦札剌勒丁不敢往退入朱隄之地克什米爾西北居無何有吉亞代丁舊部來歸勢漸振西南至信地印度西南部名志略作信地元奘西域記作信度敗其酋喀阿札之兵壞其數城得里酋伊勒脫迷失連結他部率衆來逐札剌勒丁見不敵謀

歸故土復舊業太祖十八年癸未凱旋而東札剌勒丁亦回軍而西留其將居守郭耳之地自引兵循印度克兒漫中間大沙漠以向西北孔道尚在北以避元兵故行沙漠蓋西渡印度河經今俾路芝南境之路道亡士卒頗衆至克兒漫惟餘四千人西遼故將薄拉克哈术瀫率衆來投途經克兒漫守酋阻之薄拉克殺而奪其地哈术瀫宮官之稱薄拉克本西遼人降西域王爲宮官故有此稱西使記稱爲黑契丹國由其爲西遼人也適札剌勒丁至迎謁納女備後宮居一月覺薄拉克有據地自主意以其首先歸附忍而不發仍西行入法而斯將至設剌斯時爲法而斯都城即地理志之泄剌失郭侃傳劉郁西使記之石羅子國蓋以城名爲國名也遣告其酋沙特阿塔畢令其子阿蒲貝克耳率衆來迎時吉亞代丁侵奪法而斯地沙特怨憾適降禮札剌勒丁亦妻以女札剌勒丁遂至亦思法杭旗幟純白冒蒙古

軍狀（蒙古旗幟尚白，見蒙達備錄）吉亞代丁來拒，望見卽遁。而其部將偵知非蒙古軍，以札剌勒丁英武，不如吉亞代丁昏懦易制，仍奉以來，擁衆三萬。札剌勒丁見已兵少，乃誘以甘言，非來爭國，欲相助光復舊物也。吉亞代丁信之，迎以入，不爲備。札剌勒丁卑禮散財，結其將校，突攻吉亞代丁，奪其位。義拉克、呼拉商、馬三德蘭三部咸臣服。首謀攻報達，以蒙古之來，哈里發致之也（那昔爾怨西域王稱兵犯境，遣使蒙古導以西伐，見上傳注中）。太祖二十年乙酉（西一千二百二十五年），引兵至庫昔斯單（報達東南屬部），攻呼思特拉城（庫昔斯單之首城），攻具未備，不能下。西北至牙庫拔城，距報達不百里，報達將來禦，中伏兵被殺，追潰卒，直至報達（報達本城名，非國名）。北向攻達枯克城、他克里特城（皆報達北境）。哈里發先以鴿書徵哀而陛耳兵（西陽雜俎云：大理丞鄭復禮言：波斯舶上多養鴿鴿飛行數千里輒放一隻至家以爲平安信是知西域久用鴿書不獨宋曲端縱鴿點軍爲異事也劉郁西使記亦云風駝急使乘日可千里鵓鴿傳書日亦千里案今西國尚有鴿書之法置薄紙於鵝毛管中傅鴿以飛據云速於火輪車惟不能久歷一時許便已倦飛故沿途分設鴿驛易鴿而行如置驛然每用於未設電綫之處且防敵國來攻割斷電綫以備不虞飛行數千里日可千里等說尚未盡事實也

酉以兵至戰敗被擒札剌勒丁釋之北入阿特耳佩占其酋鄂思貝克避往甘札留其妃蔑里克守台白利司札剌勒丁圍城民議降令蔑里克退居倭而米雅湖北庫頁城割台白利司爲賂札剌勒丁既攘其地以角兒只國奉天主教屢侵犯天方教人之地議往伐罪破土並城台白利司西北本他部地已歸角兒只敗其兵七萬角兒只大將意萬迺遁於克格堡攻之分軍進侵其國而台白利司叛令吉亞代丁代統諸軍自歸台白利司殺叛者娶蔑里克書云天方教規婦非被出不得改嫁鄂思貝克曾言我婦如妄殺一奴一僕我

郎離異及是遂殺一僕令教士來照律斷離而札剌勒丁娶之遣軍往甘札鄂思貝克復避去遂併甘札之地復赴角兒只則已聚兵拜糾阿蘭亦名阿思即元史之阿速詳阿蘭阿思釋地勒斯克句奇卜察克等人助戰皆高喀斯山北部族復敗其衆攻帖弗利司都城天方教人爲内應引軍入脇民從謨罕默德教西一千二百二十六年三月初九日破城事定移軍向凱辣脫部名亦城名在萬湖西北角而克兒漫酋薄拉克輸款蒙古以札剌勒丁勢大宜亟除爲請札剌勒丁聞之分軍南至亦思法杭薄拉克遣使來迎卑辭解免時凱辣脫之軍已敗於敵札剌勒丁不及究乘機撫之復回帖弗利司是年西九月攻孤尼城詳下文困喀而斯城皆在帖弗利司南此二城本屬土耳其今屬俄越月僞將遠征黑海之東阿勃哈齊部而潛回軍攻凱辣脫仍不能下凱辣脫部主阿釋阿甫先與其兄達馬斯克部主

謨阿雜姆不相能至是歸誠於兄謨阿雜姆遂爲和解兵旋退是年西十月回至阿特耳佩占誅民之爲盜者在角兒只之兵未幾亦退札剌勒丁有部將駐守廿札爲木剌夷人所剌乃東伐木剌夷而蒙古軍已至塔密干札剌勒丁敗其前鋒追數日蒙古軍大集將領曰塔奇曰巴庫曰阿薩徒干曰台馬司曰台納爾分五軍向義拉克以進札剌勒丁回守亦思法杭蒙古軍亦踵至星者謂四日内戰必不利過此則吉故閉關不出蒙古軍來攻城分遣二千人往羅耳山内掠糧羅耳在亦思法杭西亦一部落見地理志札剌勒丁令三千人往敗之擒四百人至城割其肉以飼犬遂觀星擇日定期出戰戰期在西一千二百二十七年八月二十七日吉亞代丁前以殺一文士兄弟開多齟齬及是率所部他去札剌勒丁先令右翼攻蒙

古左翼敗之向喀傷追逐亦思法杭北行既遠而中左軍接戰皆爲蒙古所敗騎兵四散奔北步兵逃入城追敵之右翼回亦潰乃蒙古軍雖勝亦重創太祖疾大漸信至亦退北趨合而拉耳又東趨你沙不兒行甚疾棄其擄獲戶口渡阿母河而去華而甫云成吉思汗凶問至故蒙古軍亟退案西歷是歲爲太祖二十二載臨崩之年華而甫書好逞臆說而此語卻有至情蒙古源流云太祖崩於七月十二日多桑云西八月十八考日計程能否卽達殊未敢定今作疾大漸信至期日較爲寬展札剌勒丁不敢入城逃於羅耳隱匿八日始出亦思法杭已謀立新主札剌勒丁歸衆情乃安遣兵躡蒙古軍後覘其所向賞右翼將士罰敗將有差官亞代丁至庫昔斯單聞傳言札剌勒丁戰沒遂請哈里發援立復其位既不果又不敢歸展轉徙避由木剌夷入克兒漫薄拉克以弓弦縊之死從兵五百人盡沒角兒只

聞札剌勒丁新敗圖復仇大聚高喀斯山南北各部族曰阿昧尼亞庫耳河阿拉斯河中間之地皆是本昔時部名時已分裂為諸部多服屬於角兒只曰阿蘭上見曰賽而里耳未詳曰勒斯克德人哈木耳云勒斯克人居高喀斯山西北從瑞典挪威而來蓋俄羅斯之同類曰奇卜察克曰蘇散未詳曰阿勃哈齊見前曰苫西人考此部名不可得案新唐書大食傳大食西有苫者亦自國北距突厥可薩部地數千里有五節度勝兵萬人士多禾有大川東流入亞俱羅商賈往來相望今譯多桑書實係苫字音是知宋末元初部名尚在惜乎西書無考屯於阿而俺之北眾四萬札剌勒丁迎敵慮兵寡登山以望奇卜察克人最多居敵之半乃使往告曰昔者我父欲代汝部以我救解得免今相迫何無情也奇卜察克遂引去又告角兒只汝所仇者惟我請以單騎鏖戰不必多傷士卒角兒只允之迭遣驍將出皆不能勝札剌勒丁乘其怯麾己軍亟進大敗之於是阿尼忒毛夕耳北麻而頓毛夕耳西北

兩部來屬愛而西楞亦來附（小部名亦城名黑海南）報達哈里發木司丹錫爾使來議和要以二事一毛夕耳（句）哀而陛耳（句）阿部亦（句）哲瀉耳（亦曰哲拔耳）四部本屬哈里發不得脇爲屬國一禱告文仍用哈里發名札剌勒丁從命遂受波斯可汗之封（札剌勒丁欲爲蘇爾灘哈里發謂波斯向無蘇爾灘稱號封爲可汗從昆兀之舊稱也後又改爲沙恆沙喝猶言衆君之君皆示隆異西書曰巴而斯即華書之波斯新唐書西域傳那色波亦曰小史西接波剌斯猨揭羅西北即波剌斯皆指波斯而言而譌爲剌譯音之誤是知波斯當曰波而斯）造大墓於亦思法杭以葬父先迎其尸置於哀阿特罕堡（後數年塋猶未成而蒙古兵至取其柩至和林焚之）以蒙古兵來時凱辣脫人侵奪阿特耳佩占屬地並挾茂里克而去興師圍凱辣脫城半載城下（西一千二百三十年四月初三日破城）娶其部主阿釋阿甫之妃時阿釋阿甫因其兄譔阿雜姆已沒往達馬斯克嗣兄位聞凱辣脫陷遂與

埃及國主喀密耳亦其兒羅姆國主開庫拔脫並毛夕耳諸部合約連兵以伐札剌勒丁戰於愛而靖占城黑海南偏東札剌勒丁病新愈兵數寡爲敗回至凱辣脫載擄獲及其妃往台白利司令其相屯兵界上阿釋阿甫使至謂有札剌勒丁在可以東禦蒙古我誠不願戕害但請勿再相擾其相以告札剌勒丁許諾甫欲議和而蒙古軍至太宗卽位之二年以西域未定命綽兒馬罕統三萬人西征此役不載本紀元史之察罕傳又另是一人故紀傳皆無考然西域大帥察罕行省則見於曷思麥里傳此太宗時事誤作太祖祕史太宗卽位與兄察合台議云巴黑塔惕種的王合里伯已命綽兒馬罕征進西書作察馬罕不謬祕史亦作搠兒馬罕爲斡帖格歹人軍由伊斯法楞至合而拉耳札剌勒丁以天寒敵軍未必驟進從容調兵遣偵探自往贊章阿八哈耳皆見地理志皆城名在台白利司東南奚遇蒙古前鋒逃歸台白利司卽赴莫

干集兵兵未集而軍奄至復逃時阿特耳佩占阿而俺等處見札剌勒丁勢敗皆殺守兵以應蒙古其相亦思背主自立札剌勒丁誅其相取其兵殺甘札叛民遣納薩斐乞師於丹馬斯克阿尼忒麻而頓等部皆不果兵雖漸集而乏儲偫乃與諸將議往亦思法杭庶易集衆得食議定而阿尼忒使至勸西入羅姆襲其國用其衆乃可禦敵且請發四千騎衛行札剌勒丁信爲實乃往阿尼忒中途駐營夜飲土人來告昨夕有兵經此形狀不類宜爲備札剌勒丁不謂然天未曉營已被圍部將突圍而入扶札剌勒丁登騎以出宿醒猶未解至阿尼忒閉城不納從者僅百人蒙古軍逐於後迂迴其道以避兵入梅法而定見夕憩於鄉村兵忽至從者盡死僅單騎逃殺追者乃脫入庫兒忒

山中土人刼之欲加刃自道姓名乃送至頭目宗有土人挾殺弟之怨入其家刺之死西域貨勒自彌朝之後亡時太宗三年宋理宗之紹定四年也西歷一千二百三十一年札刺勒丁身不逾中人寡言笑饒膽略臨陣決機雖衆寡不敵而意氣自若然自恃其勇過示整暇飲酒作樂往往誤事焉嚴厲以馭下將士亦多怨蓋戰將才非君人者之度也多桑此節所紀多本於納薩斐志費尼瓦薩甫阿黎意本阿拉育勒體耳並他西域書或謂札刺勒丁實隱去未死被刺者乃其廄卒今觀多桑所紀彙萃衆說確鑿可據未死之說不足憑也綽兒馬罕既平札刺勒丁遂躪阿尼式愛而西楞梅法而定三部之地體格力斯河哀甫拉特河皆自西北向東南流入波斯海灣兩河間地南爲義拉克阿剌伯皆屬報達北爲美索卜搭米牙全部梅法而定爲美索卜搭米牙內一小部落愛而西楞更在其北當黑海之東南而破沙而來脫城殺民萬五千人麻而頓東二日程下麻而頓部亦美索卜搭米牙內小部落部主避於堅未獲殘你夕班城之鄉

麻而頓東南分軍入毛夕耳部美索卜塔米牙東南境內克模那薩城俘戮其民又一軍東北至必忒力斯城萬湖西南隅今爲土耳其要地民避入山焚其城略阿而奇施城分軍至梅拉喀以民納降太大掠西南至哀而陛耳中迷斬馘突克蠻義謂突厥一類庫兒忒等族類不可勝計哀而陛耳部主舉兵以禦毛夕耳兵亦出軍退而南至達枯克城報達北境報達哈里發木司丹錫爾集所部與諸國之兵及阿剌比人爲助蒙古軍旋退埃及國主喀密耳有兄弟之國屬地在哀甫拉特河故亦應哈里發之命引兵自丹馬斯克東歷沙漠過哀甫拉特河聞蒙古兵入凱辣脫者亦退遂往阿尼忒圍其城意不在禦蒙古而在乘機奪地阿尼忒部主瑪素脫出降喀密耳令已子沙李轄之挈瑪素脫歸埃及西一千二百三十二年十月十八日事喀密耳復佔赫生句開法二城近梅法而定

自此回國綽兒馬罕駐營於台白利司諭城輸款民獻布帛令依樣織造以貢和林定賦額及歲進布帛數阿特耳佩占部先併於札剌勒丁及是屬於蒙古太宗七八年閒復取阿而俺部焚甘札城由莫千入角兒只國女主魯速檀避於烏沙訥忒堡別軍至體格力斯河破哀而陛耳城内堡不下圍四十日汲道斷絶民納賂行成軍退太宗九年蒙古軍將入義拉克阿剌伯報達全部地名因古時阿剌比人至此立國故名報達北境大擾木司丹錫爾治城練民兵以備屯軍於哲拔耳汗默林山體格力斯河相近之山大敗蒙古軍哀而陛耳達枯克所擄戸口皆破奪未久軍又至哈里發出兵軍旋退十年春蒙古軍再入義拉克阿剌伯至侃匿斤城報達北二百餘里哈里發遣七千騎往禦遇伏盡隕無一騎返是年綽兒馬

罕部將分下阿拉斯河庫耳河中閒角兒只所屬各土酋之地其地昔爲阿昧尼亞總部繼而瓜分亙剖各部土酋略如土司之類皆受封於角兒只將嘎達罕取開達巳古句法而沙拏速忒二城將謨拉爾取商喀耳城甘札西及附近堡綽兒馬罕弟竺拉取喀程城甘札南將察格塔取羅黎城蒙古軍遂進取脫馬尼葳句商姆素亦而台皆帖弗利司南帖弗利司各城將圖格塔攻蓋恆城以上城名皆無考者多守將阿拔克爲角兒只大將意萬迺之子來降太宗十一年商喀耳等土酋皆款服內有一酋曰渥丕里俺著角兒只史多桑采其說阿拔克與商喀耳酋瓦拉姆從至孤尼爲古時阿昧尼亞都城招降不從困之民乏食乃降令民出掠其城喀而斯城聞之大懼卽獻管鑰二城見前蒙古軍自此回莫干太宗十二年阿拔克偕阿釋阿甫妻湯姆塔卽札剌勒丁破凱辣脫城所娶者爲角兒

只大將意薦迺之女先名古而奇也脫入朝和林太宗厚撫之於其歸詔諭綽兒馬罕盡返侵地未久又諭綽兒馬罕角兒只國及其屬地歲貢外不得額外苛斂裏海黑海之中全境胥定綽兒馬罕卒副帥貝住繼任貝住爲蒙古別速特人乃馬眞皇后稱制之二年西定羅姆詳見下別將約索倭耳分軍入西里亞西里亞全境南北長東西狹東鄰阿剌比沙漠西濱地中海埃及在其南羅姆小阿昧尼亞在其北詳旭烈兀傳經木拉梯亞城時屬羅姆守吏分藏庫與民而自南遁阿勒坡富民多從徙軍追及盡奪其財賄至阿勒坡西北亞北境首部受其餽獻而退歸經木拉梯亞民納四萬金錢以免招降阿勒坡西之俺體育克天主教部近地中海部主伯海們脫第五先未允其後仍來降別部之天主教人亦納款歲輸賦耶穌墓在西里亞境內耶路撒冷之地謨罕默德教人奪之天主教人立紅十字會謀復墓名卒黨類居西里亞故西里亞境

有天主敎部落皆自歐羅巴往皇后稱制之四年貝住取凱辣脫城行太宗之命以與湯姆塔使主其地軍入美索卜塔米牙見前注下羅哈麻而頓西你夕班麻而頓東南等城民盡室以行軍及舍海而蘇耳城報達北八日程鴿書告警於報達時炎夏馬多斃遂退次年軍至牙庫拔城報達兵往禦敗蒙古軍多爲所俘定宗崩後一年軍復入達枯克城殺報達置吏憲宗二三年閒軍入美索卜塔米牙大掠殺民萬人自貝住握帥符西域西北各部落或歸誠貢賦或搶攘未定其提封較廣而服屬無畔心者則有羅姆國小阿昧尼亞在阿昧尼亞西南國加小字以別之角兒只國羅姆在黑海南本東羅馬國屬地唐書所謂拂菻也詳下拂菻考宋神宗元豐三年賽而柱克朝王瑪里克沙之弟素立蠻沙率突厥人古斯人西人謂古斯即烏孫轉音見上傳注

八萬帳（一帳若干人不詳）自撒馬爾干西來奪其地建都於枯尼牙仍東羅馬之名名其國曰羅姆（馬字音本不叶而華書習用已久不能改易姆字亦須用吳下俗音乃叶無他字可代）第八世王開廓蘇嗣位五載而貝住軍至以礮毀愛而西楞城復破內堡守將兵民皆死惟工匠婦女得免開廓蘇率二萬騎至舍挖司城（羅姆東）有佛郎兵二千爲助（古時波斯等國皆稱歐羅巴人爲佛郎卽法蘭西也地中海有扯潑耳島當時謀復耶穌墓人據島立國此兵卽由此島而來郭侃傳西波海收富浪殆亦此島富浪亦卽佛郎）將曰約翰里米那塔（句）博尼法斯喀司脫洛（二將皆西人名）復乞師於小阿昧尼亞王海屯第一與希姆斯（西里亞境內部名）梅法而定二部皆不至開廓蘇與貝住軍戰於愛而靖占城矢下如雨羅姆兵敗棄輜重而逸貝住恐有伏不追逐一日夜後乃取其輜重追至舍挖司民乞降未殺惟隳城焚其兵刃西北擾

塔喀特城西南擾愷撒里牙城愷撒本羅馬大將定亂踐王位見瀛環志略其後西國取其名爲皇帝之稱今德意志稱合衆國之君曰愷撒是也里牙卽尼牙之變音宋史拂菻傳元豐四年其王滅力伊改撒改撒卽愷撒之異譯開廓蘇將及其長吏來議納款歲貢金錢四十萬的那布帛若干疋馬若干騎奴僕若干名口議成乃報其主開廓蘇大悅允議貝住在羅姆兩月卽退師歸經愛而靖占令民輸饟不允攻下之越二載開廓蘇卒國人立其子亦思哀丁開喀而甫司以其弟屋肯葛丁開立蚩阿斯蘭句阿拉哀丁開柯拔脫爲輔國人有欲立開立蚩阿斯蘭者宰臣社姆薩丁娶開喀而甫司之母故助其子得位而令開立蚩阿斯蘭赴和林進歲貢行後殺其黨與開立蚩阿斯蘭旣謁定宗其從官巴海曷丁台而朮滿訴社姆薩丁三罪一娶王妃一以私黨妄殺一立嗣君未

請命可汗定宗令開立嵬阿斯蘭爲王而廢開喀而甫司定宗崩後一年還至羅姆往返凡三年貝住以兵衛送入國殺社姆薩丁令開喀而甫司與開立嵬阿斯蘭分國而治以舍拕司河爲界舍拕司城以河得名今屬土耳其昆弟仍爭競不相下乃議昆弟三人三分其國憲宗二年召開喀而甫司入朝畏其弟不敢行令開柯拔脫代往己之二臣爲從繞黑海而北先謁拔都乃赴和林開立嵬阿斯蘭之黨僞爲開喀而甫司書續遣二臣往謂先遣二臣一有殘疾慮失儀一藏毒物慮謀害可汗拔都得書考驗無實乃令後二臣爲從官前二臣賚貢物分道以往開柯拔脫道卒四臣既至各譽其主憲宗仍令分治其國歲賦亦均分詔書未至昆弟已爭國而戰開立嵬阿斯蘭被擒下獄憲宗五年貝住以

羅姆歲貢不入興師問罪開喀而甫司逃入東羅馬貝住出開立蚩阿斯蘭於獄使主全境旭烈兀至西域開喀而甫司上書求附旭烈兀乃行憲宗前命分國為二別見旭烈兀傳小阿昧尼亞之不助羅姆也意在觀勝負決向背蒙古既勝乃介喀程堡主札喇爾納款於貝住遣使承篚以往開廓蘇之妃及子先避兵其國貝住令獻以為信海屯奉命惟謹乃收其降定宗即位遣弟生拔特入朝小阿昧尼亞有數城先為羅姆所奪定宗令貝住為返其地憲宗即位海屯請於拔都為達誠悃拔都勸令入朝憚道遠復恐內亂不果往迨阿兒渾行省西城下見定小阿昧尼亞賦則過重民不從令則籍沒其產或掠賣子女為奴婢欲自往中訴妃卒又不果憲宗三年乃成行先見貝住於喀而斯城

亦往謁拔都復見拔都子撒里荅［西書作撒耳塔克或謂其入天主教與小阿昧尼亞同教故海屯見之語出小阿昧尼亞史］既至和林憲宗優遇之居五十日辭歸取道撒馬爾干以返角兒只國雖已犅定而女主魯速檀仍居於堡貝住屢招不出拔都亦遣人招致魯速檀以子達比特爲質於拔都求卵翼之焉貝住聞之恚甚魯速檀夫弟私於外而有子［西俗一夫惟一婦外遇而有所出謂之私生不容於家不襲爵分產］亦名達郿忒［同音異字以爲之別］魯速檀女嫁開廓蘇挈以俱往拘於羅姆者十年至是貝住令商喀耳酋索之歸使主角兒只國即位於麥茲他起耳之禮拜堂［天主敎規如此麥茲他起耳地名］以兵向烏沙訥忒堡魯速檀仰藥死定宗初即位貝住令達郿忒入朝拔都亦令達比特入覲定宗乃以達郿忒主角兒只原有東方之地達比特主西境之伊米勒梯［句］嗚

格勒里句阿卜喀昔之地皆有王號而達鄙忒爲上小阿昧尼亞角兒只皆天主教國也多桑云札剌勒丁死後綽貝二將所行之事拉施特等書紀述不詳皆由他書蒐考增入書凡十餘種不贅錄西里亞境內達馬斯克部主亦介毛夕耳部主貝特畀丁囉魯納降於貝住部民分貧富三等輸賦是爲西域極西之地其後復叛去西域東境當太宗命綽兒馬罕征札剌勒丁時復命朮赤部將成帖木兒自烏爾鞬赤率所部往呼拉商平其餘孽即命爲呼拉商長官屬於綽兒馬罕太祖分地諸子朮及西域如公家之產也者故四子皆得遣官涖治以分賦稅太宗所遣者開里拉特拔都所遣者奴薩爾察合台所遣者庫而圖喀拖雷諸子所遣者佟嘎蓋其時拖雷已薨故云皆爲成帖木兒之輔呼拉商雖被兵而居民素殷富流離既復珍貨尚充溢

成帖木兒久心豔之既轄其地大肆搜括札剌勒丁雖滅餘衆有匿呼拉商部內者綽兒馬罕所置守吏往往被害康里兵萬人竄入你沙不兒徒思山中兩城名見上傳札剌勒丁舊部將喀拉札句徒干桑古爾統之成帖木兒數往攻不能逐開里拉特力戰於薩伯自窪城凡三晝夜始敗其衆喀拉札遁昔義斯單康里兵三千入海拉脫爲開里拉特所殺八脫吉斯守將岱爾巴圖案上傳亦有此名疑是一人八脫吉斯地名在海拉脫東北亦奉太宗命來征案元祕史太宗謂曾命綽兒馬罕征進去了如今再教斡豁禿兒同蒙格禿兩箇做後援征去是太宗命將實有多人喀拉札逃匿山堡攻圍兩載始下岱爾巴圖以書告成帖木兒呼拉商民未從喀拉札叛徒以汝婪索不已致民思變今可汗命我轄呼拉商汝當相讓時綽兒馬罕亦徵成帖木兒西行令以呼拉商馬三

德蘭兩部屬於岱爾巴圖成帖木兒乃使開里拉特入謁太宗盛稱成帖木兒之才太宗信之遂命領治呼拉商馬三德蘭全境開里拉特副之不復受綽兒馬罕節制成帖木兒以呼拉商人射里甫哀丁爲烏魯克必闍赤書謂是掌印官蓋兼掌印信文牘本書作筆的赤亦作筆的庫齊蓋多桑所引之書有阿剌比文士耳其文波斯文未郎審定畫一烏魯克釋義爲大見椿園氏新疆外藩紀略畏兀語亦蒙古語蒙古源流亦有烏魯克志費尼人巴海勒丁謨罕默德志費尼掌賦稅志費尼地名其子亦以志費尼爲名即作書紀蒙古事者見前書目以下省文作巴海勒丁奴薩爾三人亦協以治事太宗七年成帖木兒卒奴薩爾繼任年老事皆決於開里拉特成帖木兒有屬官曰庫而古司別失八里人也見釋地初隸朮赤麾下從出獵適太祖書至倉卒無讀者庫而古司能解之朮赤喜令以畏兀文授其子成帖木兒建闕於貨勒自

彌庫而古司佐治文牘復從至呼拉商曾與巴海勒丁入謁太宗述簿籍出入之數言西域事甚悉朝有大臣曰鎮海太宗三年以鎮海爲丞相當即其人西書音爲欽海蓋譯音之誤亟賞之欲令繼成帖木兒任而丹尼世們哈朮潑當即上傳之丹尼世們哈朮潑爲宮官之稱請以成帖木兒子翁古帖木兒嗣父職値鎮海獨對力舉庫而古司太宗命權二部之事有治績則爲眞奴薩爾遂解任開里拉特與射里甫哀丁皆觖觖失權勢乃唆翁古帖木兒揑造庫而古司罪狀入告太宗命阿兒渾西書作阿兒袞從元史作渾詳下偕二使臣往驗庫而古司聞之自往和林以巴海勒丁代攝其職途遇使臣令西返庫而古司不從爭競羣毆齒折血涌夜令其僕持血衣潛赴和林自隨使臣而西開里拉特等乘機拘辱之太宗見血衣大怒令皆至和林聽

訊開里拉特行至布哈爾爲人所殺庫而古司等至太宗命鎮海數大臣鞫之皆誣告不實原書云翁古帖木兒獻帳殿甚華美太宗悅之置宴其中風起帳傾意不懌庫而古司至獻帳更華美又一寶石帶得諸葉爾羌商人太宗新有腰疾束之而愈益大悅觀耶律楚材傳請禁斷貢獻帝不允曰彼自願貢獻者宜聽之可見當時風尚太宗先欲以翁古帖木兒交拔都由其父爲朮赤部將也繼以鎮海勸止卻拔都性嚴往必致死乃自定罪以年少爲人所誤得赦免令庫而古司復任自阿母河以往文臣之事胥取決焉阿兒渾亦直庫而古司令佐以治事太宗十一十二年間天方曆六百三十七年西一千二百三十九年四十年庫而古司到官傳集蒙古官吏西域紳耆諭以上意各循職分毋踰法度綽兒馬罕所置義拉克阿特耳佩占守吏多方朘削悉中飽不以奉上追其賕入官凡蒙古將士不得妄殺淩虐部民民乃大和

流亡復業海拉脫亂後幾無八㶚拖雷曾由其地徙千戶至別失八里太宗八年以百戶歸海拉脫十一年又以二百戶歸次年檢閱戶口已至六千他地亦類是翁古帖木兒之誣訴庫而古司皆射里甫哀丁播弄所致訊以刑盡得其朋謀陷害情事庫而古司取供狀入告並自往中途聞太宗崩而歸射里甫哀丁之妻訴於察合台之妃時察合台已薨書紀察合台所駐之處曰烏魯克抑甫烏魯克義爲大亦爲親戚抑甫不得其解時阿兒渾以庫而古司事皆自專不以分任往依察合台遂令捕庫而古司訊取供狀以達和林鎮海不獲於乃馬眞皇后已去位朝右無援庫而古司遂死鎮海爲丞相由耶律楚材所舉見楚材傳乃馬眞皇后稱制楚材以憂卒則鎮海亦必不安於位鎮海傳云定宗即位以鎮海爲先朝舊臣仍拜中書右丞相則其先去位可知書謂察合台後王喀喇忽拉古執庫而古司以沙塡塞其口而死喀喇忽拉古即宗室世系表之合剌旭烈也

乃馬眞皇后以阿兒渾代之，仍用射里甫哀丁催科嚴迫，呼拉商義拉克之民輸納不如令者悉下獄。阿兒渾自往台白利司見西北各屬邦使臣，徵取歲貢。聞射里甫哀丁死，東歸視事，乃釋獄中諸囚。自太宗崩後，諸王自以敕令徵西域貨財，使騎絡繹於道與元史語合。皇后稱制之四載，朝議立新君，阿兒渾亦往與議書云忽立而台，義謂會議，蒙古語。盡取前後所奉諸王敕令以往。定宗既立，乃上聞，定宗嘉之，諸王由是斂抑書謂當時貢獻甚多，而貴尤最喜者惟此，蓋以是爲禁遏諸王之據也。從往官吏皆受職於朝，以火者法克哀丁代射里甫哀丁之任。阿兒渾既歸，自知開罪親貴，越二歲復赴和林，行至塔剌斯間，定宗崩即新唐書康國傳之怛邏斯城，西游錄作塔剌思城，因河得名，今城已廢，而河名依然，在吹河之西，錫爾河之東。定宗在位時，已令野里知吉帶征西見定宗二年本紀，西書云面鼻匾日野里知吉帶嘗詢俄羅斯人習蒙古文者以爲實然西域東境仍屬阿兒渾西境則野里知吉帶主之途遇阿兒渾告以上命軍行過境須備糗糧乃返其時諸王求貨者復相屬於西域且令預支數年民賦阿兒渾於憲宗初元復東行會議立帝至則憲宗已卽位再以諸王橫索馳使擾民及科則未平準等事上陳憲宗命與從來官吏集議條例以聞乃議援䜌罕默德牙刺瓦赤元史又作牙老瓦赤祕史作牙剌洼赤西書字音似伊耳瓦赤所定阿母河北計丁出賦之例事見太宗元年本紀作麻合沒的滑刺西迷案麻合沒的卽䜌罕默德滑刺西迷又卽牙刺瓦赤之訛也案貧富分則此外一切科斂悉予禁革極富者人出十的那極貧者人出一的那憲宗報可丁賦所入惟備兵饟郵驛及使臣馳傳此外毋應付毋聽諸王濫發敕令皆可與元史相印證錫阿兒渾獅首金符以巴海勒丁佐之察合台後王所遣之沙

廣雅書局栞

拉智哀丁亦爲之佐憲宗元年以阿兒渾充阿母河等處行尚書省事法合魯丁匿只馬丁佐之法合魯丁即巴海勒丁音稍異其爲一人無疑匿只馬丁則與沙拉智哀丁更異然西域人名元史譯音未必盡合憲宗遣官二人拖雷子忽必烈旭烈兀西書音作呼喇古亦有作阿喇護者阿里不哥西書音作阿里布喀末哥西書音作讃喀各遣一人司其位下分賦內無拔都所遣不得其解或在憲宗所遣之二人內亦未可知分西域爲四省省名不詳疑即呼拉商馬三德蘭義拉克阿特耳佩古四部省官稱瑪里克頒金獅符蒙古萬戸將音杜綽克擅殺枯姆守吏阿兒渾以詔書便宜行事戮之於徒思沒妻孥入官西域政事始漸具條理焉拉施特云阿兒渾衞拉特人童穉時家貧父以之易牛肉札拉爾一武弁得之撫育長成爲親兵洊至貴顯志費尼則云其父爲衞拉特千戸二說不同又云其人能畏兀文太宗使治文書曾令與柯班往中國辦一要事案元史太宗時無柯班其人惟太宗三年有遣搠不罕使宋假道爲宋所殺一事不罕合音爲班或即是也角兒只史謂阿兒渾公正有才甚爲拔都所賞嘗召往奇卜察克議事察合台分地稅賦亦多由其審定後人在西域者功名亦顯別見合

贊傳野里知吉帶至西域未久奉拔都之召會議立君至則拔都推戴蒙哥野里知吉帶欲立失烈門議不洽次年復會於斡難河憲宗即位野里知吉帶西返其二子從失烈門等謀逆事覺伏法追捕野里知吉帶以付拔都誅之事詳憲宗本紀補異元史憲宗元年以宴只吉帶違命遣合丹誅之仍籍其家宴只吉帶即野里知吉帶也　西域東境之屬國其舊有者曰克兒漫新建者曰海拉脫克兒漫為西遼故將薄拉克所據遂自立國既殺吉亞代丁見前請封於哈里發有蘇爾灘之稱以其為西遼人亦謂為黑契丹國西域稱西遼曰喀喇契丹喀喇者黑也黑契丹國據劉郁西使記增入並據西書證之岱爾巴圖用兵於昔義斯單時招令服屬兼趣入朝薄拉克以年老遣子洛肯袞丁火者代往未至而薄拉克卒兄弟之子庫特貝丁嗣位太宗封洛肯袞丁火

者爲克兒漫蘇爾灘使歸國而徵庫特貝丁來和林令隨牙刺瓦赤赴漢地治事太宗十三年命牙老瓦赤主管漢民公事元史可證定宗卽位謀返國未果憲宗卽位牙刺瓦赤爲言於上治事有功且無罪被廢仍授以蘇爾灘遣歸洛肯哀丁火者避往羅耳復避之報達尋入覲申訴憲宗亦召庫特貝丁至使質對不直洛肯哀丁火者令庫特貝丁殺之旭烈兀西征庫特貝丁迎至軀的見西北地附錄海拉脫國肇始於郭耳郭耳前王基亞代丁以歇薩爾堡封其相臣之弟台尤哀丁握斯蠻傳其子屋肯納丁阿蒲倍廓耳娶基亞代丁之女太祖西征郭耳已滅而歇薩爾堡獨以險固得久存巴而黑西南印度固斯支峰西坡堡據坡上聞至今猶存屋肯納丁自結於蒙古常率其子射姆斯哀丁謨罕默德庫而忒至太祖窩闊台營定宗卽位先

一年屋肯納丁卒射姆斯哀丁嗣拉施特作旭烈兀傳稱曰瑪里克射姆斯哀丁庫而忒定宗元年偕撒里諾延同往信地憲宗三年命塔塔兒帶撒里土魯花等征欣都思怯失迷兒等國今定宗元年已見撒里豈先征西南印度至憲宗時再出師西北耶諾延爲官人之稱撒里與木而灘拉火耳二城議和爲之居間定饋獻物數木而灘餽金錢十萬拉火耳餽的那三萬布三捆奴僕百名二城皆見上傳蒙古他將嫉之誣以受賂與印度得里部酋交通得里兵來將爲內應得里見前射姆斯哀丁懼及禍往見岱爾巴圖以與其父有舊留之定宗二年岱爾巴圖卒子哈而庫喀圖與不協控諸察合台後王也速蒙哥射姆斯哀丁自往申訴也速蒙哥逐之也速蒙哥見世系表乃往依拔都憲宗卽位入覲和林王大臣咸謂其先人與我蒙古交厚爲之遊揚以其爲郭耳故王懿親可藉其力撫定其地封以海拉脫句札姆句八開而斯句

庫蘇治句富紳赤句圖勒克句開沙即歌薩爾非洛斯固前古耳都城喀而朮斯單句謨而噶伯句馬魯察克即本紀之馬魯察葉可法里阿白疑即上言阿里阿拔脫北及阿母河而止東南則哀司非沙耳句費而拉句昔義斯單是時昔義斯單尚未全滅不爾即西北地附錄之可定觀阿八哈傳可見不畢疑察合台後王占之故屬來帖木兒篤梯而拉句阿富汗斯單阿富汗本族類名當日僅一部落非如今日之地廣得稱國也以上所紀地名大抵寨堡之類居多非輻員甚廣以至於印度河世爲西域東境附庸稱臣納貢錫以命服寶劒刀斧命阿兒渾界以金錢五十萬貲助建國旭烈兀西征射姆斯哀丁迎謁於撒馬爾干從征木剌夷令招降賽耳搭石堡挾其酋長來謁西域既開藩因屬於旭烈兀以其都於海拉脫故謂之海拉國享國百餘年帖木兒西來始滅明史哈烈傳亦作黑魯即海拉多桑於此節言之不詳霍耳郛特書備引海拉脫史立國緣起展卷

瞭如據以增入其封地亦較多桑所紀爲多海拉脱史西域人譔因曷丁所作紀至明孝宗宏治五年而止前數十年法國人譯以西文多桑著書時且猶未見此書也自海拉武東行乃抵印度河渡河而東則入印度太宗季年駐守八米俺嘎自尼等處之軍見前渡河往征困拉火耳城得里酉遣將來援途中其將謀叛煽惑兵士反戈以攻得里城拉火耳無援遂陷城破後二日太宗薨天方教人以爲天譴軍亦旋返其後復入印度擾其邊境憲宗三年命撒里等征印度斯單克什米爾元史云塔塔兒帶撒里土魯花等而拉施特所紀但有撒里謂撒里係塔塔兒台之土土喀里育特人故近時西人謂元史之塔塔兒帶誤以部族名爲人名而土魯花疑是達魯花赤之訛所疑固當然無以解於等字也此傳但舉撒里以合西域書更加等字以合元史又拉施特云憲宗命撒里入印度接應先往印度之軍則其先已有兵在印度也屬旭烈兀節度師入克什米爾涉印度斯單界大掠而返獻俘獲於旭烈兀拉施特略於印度軍事所言止此然未深入中印度固可知也其後元兵數入印度別有考印度斯單所指之

地甚廣非僅止中印度克什米爾則不在印度斯單之内椿園氏誤以溫都斯坦爲國名非是拉施特又云撒里一軍其後散於各處皆屬西域宗王轄調

元史譯文證補卷二十二下

元史譯文證補卷二十三

兵部左侍郎總理各國事務衙門行走加三級臣洪鈞撰

報達補傳

謨罕默德事實世系附案明史稱謨罕默德生而神靈自西書觀之不過左道惑衆者流蓋明史所紀得之彼土教人故多諛西教與天方教勢若冰炭故多毀然據事直書一洗彼教夸誕之語固易得實也其言上帝初生阿當肇造人類本猶太教語耶穌襲其說謨罕默德亦襲其說而各以己爲得眞宰心傳凡此讕言並從刪棄杭世駿景教續考所云阿丹即阿當也報達應作八格達劉郁西使記始見報達之稱元史無之惟憲宗本紀三年六月命旭烈兀征西域哈里發八哈塔等國八哈塔即報達哈里發爲教主之稱云等國者旭烈兀所征非止報達史文不明遂若兩國今審字音以八哈塔爲近而報達之稱已屢見於諸儒著作正史之八哈塔反不甚著故舍正史而從西使記作報達云八格達亦作八格達脫元祕史之巴黑塔惕字音最合

報達城名直波斯海灣西北據體格力斯大河天方教主哈里發之所都也天方教剏始於謨罕默德陳宣帝太建三年生於

阿剌比麥喀之地或謂太建二年西書有二說一五百七十一年四月二十日爲太建三年一五百七十年八月二十日爲太建二年海國圖志作太建元年西書無此說也其族曰阿勒奚施或云同族分數派一曰哈深人多貧一曰倭馬亞人多富謨罕默德出哈深派其父曰阿白塔拉其母曰阿米那其本名曰阿蒲而喀生本阿白塔拉猶言阿蒲而喀生爲阿白塔拉之子本謂子嗣謨罕默德乃阿剌比人贊美之詞非其名幼時親喪家貧給事於富商二十五娶其寡居主婦曰哈的札以是雄於財先時阿剌比人禮拜星日造偶像以祀神無所謂敎也猶太敎天主敎亦有至麥喀者耶穌在世時曾謂門徒我死後當更出一人闡揚至敎古時猶太敎人亦有此語無稽傳述歷千百年謨罕默德四十歲時僻居寂處默思冥索欲刱新敎以應斯言幼時有昏仆之疾如今羊頭風病之類至是復發謂

天帝宣召親承眞誥其妻女與其婿阿里（阿里爲謨罕默德同族兄弟其父阿卜他立白爲一族之長）其友阿部倍克耳皆篤信之鄰近愚民聞其議論亦多從者而族衆以爲狂麥喀有殿中置黑石相傳天所降也（西人謂卽落星石當不謬）殿亦設土木偶像遠近之人瞻拜祈福者歲時不絕而謨罕默德專主崇奉上帝力闢偶像之非族衆嫉之謀加害幸其叔伯哈姆札其族長阿卜他立白救護之得免其壻倭脫蠻亦曰奥自蠻偕徒黨咸渡紅海徙居西岸以避禍（地名阿比西尼亞紅海西岸南口）未幾倭馬亞族人曰倭馬爾來從敎謨罕默德遂與阿部倍克耳倭馬爾爲新敎首領歲五十（西六百二十年）婦哈的札死娶新入敎之女曰騷達又娶阿部倍克耳女曰阿夷舍歲益廣置妻室倭馬爾之女亦奉巾櫛屢夢登天寤則以上帝所謂告門

徒書之是爲可蘭經西域水道記作庫魯安不如可蘭麥喀北身脫里之來禮拜黑石者聞其異亦來從是時阿卜他立白死阿布拉哈貝爲族長與謨罕默德不協禍益亟唐高祖武德五年西六百二十二年謨罕默德自麥喀避難往身脫里是爲天方教紀歷之始年爲黑蚩拉大節日黑蚩拉譯義謂逃奔也詳下天方教麻考天方改身脫里爲麥地拿義爲城如言教師之城明史天方古筠沖地又曰默伽復云默德那回回祖國地近天方案默伽卽麥喀默德那卽麥地拿同在阿剌比境內而明史區之爲二誤矣造禮拜堂爲天方教第二聖殿首則麥喀之黑石殿遠近歸附黨與日盛憤柯勒奚施族人之仇思强以人敎遣人掠其商旅武德七年攻敗麥喀人殺其仇人阿不札耳戰時不親臨陣惟在室祈禱戰既勝羣謂祈禱得天祐次年麥喀人三千來攻謨罕默德惟千人戰敗己亦受傷又二年麥喀人

來囦麥地拿城議和而去猶太教人爲敵助敵退攻殺猶太教人七百欲赴黑石殿禮拜麥喀人拒之與約十年不相犯乃允其往又二年麥喀人與阿剌比別族相仇殺謨罕默德與之友議助力其時徒黨已有萬人麥喀人懼不敵亦入教乃盡毀黑石殿内偶像敗麥喀東南各族類阿剌比全境舉宗其教示諭門徒若天主教若猶太教不從我者厚取其稅斂而不必强制以其同奉上帝同一根本也此外之教必脅之伐之滅之而後已（指火教釋教）太宗貞觀六年往麥喀禮拜令此後異教人不容入殿瞻禮招東羅馬人入教不從議用兵而病作是年卒於麥地拿（西六百三十二年六月初八日）就死所建墓就墓所建禮拜堂謨罕默德無子惟生數女有女曰法梯昧嫁阿里爲婦父死時惟法梯昧尚

在謨罕默德居麥地拿時凡他適必命一人代司教事名之曰哈里發義謂代天治事此哈里發之稱所由起也病時未定所傳卒後公議立阿部倍克耳爲哈里發時波斯與東羅馬累歲搆兵國是日衰替阿部倍克耳出二軍一至西里亞一入波斯乘其敝以斥境在位二年卒於報達之地西六百三十四年或云爲猶太人毒死其時報達城尚未建臨沒定以倭馬耳嗣位倭馬爾能兵憑倚武力數敗波斯蠶食其地以東至於印度西侵西里亞及阿非利喀北岸之脫里潑利今義大利國之對岸隔地中海東羅馬王海拉克里宥斯兵敗於西里亞之北西里亞全境被幷一將曰阿拔謨薩奪美索卜塔米亙句庫昔斯單二地西六百三十八年至四十年二地皆見西域傳注中一將曰阿謨爾自西里亞入埃及以占地倭馬爾亦講求文治於體格力斯

河袞甫拉特河會流入海之處建巴索拉城西六百三十五年袞甫拉特河西建苦法城西六百三十八年城名見元史西北地附錄皆造禮拜堂設書院以黑蚩拉節日爲元旦貞觀十八年西六百四十四年爲人所害謨罕默德之壻奧自巒嗣位其將阿拔塔拉占波斯疆宇益廣奧自巒自率師船由西里亞出地中海侵掠日斯巴尼亞國海濱地而歸奧自巒用人以愛憎爲去取衆不平高宗顯慶元年西六百五十六年爲阿部倍壳耳之子所殺其僚壻阿里嗣位時諸大酋自相爭鬭玩視教主阿里在位四載阿孛堵阿滿害之西六百六十年阿里長子哈山嗣位未一載以部衆思亂畏而遜位後八年哈山爲婦毒死哈山有弟曰忽辛應嗣爲哈里發而丹馬斯克大酋謨阿費亐來奪其位西六百六十一年謨阿費亐爲倭馬亞族人自稱謨阿費亐

第一阿剌比西里亞埃及波斯人皆奉令惟謹國勢復合爲一先時哈里發皆居麥地拿至是遷於丹馬斯克在西里亞境內分見傳中及西北地附錄釋地定議哈里發之位必屬倭馬亞人毋許他族僭奪故稱爲倭馬亞朝據地中海各島海舟常至東羅馬鹵掠海拉克里育斯以水師來爭而謨阿費牙已有兵船千七百艘軍勢甚盛敗東羅馬水師困康斯灘丁謨白爾都城七載不能下乃罷東取昔義斯單句喀不爾見西域上傳西取俺體育克見西域下傳昔利齊小阿昧尼亞之古名事在西六百六十三四兩年繼又侵突而基斯單西六百七十二年案唐書西域傳永徽中石國爲大食所破永徽元年西六百五十年則其兵鋒遠被可知又令其子柘濟特爲將下撒馬爾干西六百七十六年又往占地中海西岸爲東羅馬所敗遂建城於土匿斯以駐兵今爲法國所屬小邦高宗永隆元年卒西六百八十年子

柘濟特第一嗣阿里子忽辛既失位其徒黨以爲憤聚衆至十四萬奉以爲主至哀甫拉特河爲苦法守酋戰敗忽辛隕於陣高宗宏道元年西六百八十三年平阿剌比人之爲亂者是年柘濟特第一卒子謨阿費牙第二嗣四十日卽辭位旋卒時各大酋皆懷覬覦麥地拿酋未而換第一入據其位於是波斯之呼拉商部自立爲國巴索拉酋亦自稱哈里發而爲未而換部將所敗位遂定令屬地鑄錢用阿剌比文臣下咸習阿剌比語攘阿昧尼亞之地在位二十二年卒西七百五年子威利特第一嗣東收阿母河錫爾河及裏海各部族併西印度之信地西收阿非利喀北境渡海以攻日斯巴尼亞國在位十一年卒西七百十六年弟蘇勒滿嗣圍東羅馬康思灘丁都城一載請成而退在位一年卒西七

百十七年倭馬爾第二嗣不知是子是弟不好兵在位三年遇害西七百二十年末而換第一之子栢濟特第二嗣在位三年卒西七百二十三年弟希沙姆嗣在位十九年卒西七百四十二年臨沒之年有忽辛四世孫宰特爭位來戰希沙姆殺之在日斯巴尼亞之兵爲佛郎國所敗阿剌伯等地稱法國曰佛郎國西人曰佛郎人自是日斯巴尼亞北境得安次年栢濟特第二之子威利特第二嗣好色不理事在位二年爲其下所殺西七百四十四年威利特第一之子栢濟特第三嗣是年卽卒弟伊孛拉希姆嗣旋爲末而換第二逐而據位西七百四十五年或謂被逐者卽栢濟特第三栢濟特別作野息特兩歲之中四易其主倭馬亞朝哈里發素薄待其下阿剌比人猶未忘謨罕默德敎澤而爲別派攘竊益疾視倭馬亞人謨罕默德叔伯之裔曰阿拔斯

其後人衣尚黑（倭馬亞朝人白衣阿里之後人綠衣）稱謨斯阿費達之謂（即黑衣）唐書所謂黑衣大食是也阿拔斯之孫謨罕默德轄呼拉商部自以教主本族義得纘承統緒歿時以屬其子依白喇希姆相時而動勉成父志呼拉商人遂奉依白喇希姆爲哈里發往麥喀禮拜中途爲倭馬亞人所獲置諸獄其弟阿蒲而阿拔斯繼立天寶八年（西七百四十九年）即哈里發位於苦法遠近響應攻敗末而換第二逃入埃及次年追獲殺之倭馬亞人麕集於丹馬斯克阿蒲而阿斯拔之叔伯阿白塔喇盡殲其族惟阿孛都拉蠻一人逸入日斯巴尼亞自立爲哈里發阿蒲而阿拔斯即位之四年（西七百五十二年）遷都於盎拔耳城（哀甫拉特河東體格力斯河西）是爲阿拔斯朝又二年卒（西七百五十四年）弟阿蒲札非而嗣治國事甚有條理國人頌

之曰阿而曼蘇而為得勝之義阿里後裔之在阿剌比者自立為哈里發攻以兵敗死肅宗寶應元年西七百六十二年始建城於報達在位二十一年卒西七百七十五年子愛而每諦謨罕默德嗣十年卒西七百八十五年子哈里突以謨薩嗣德宗貞元二年西七百八十六年始遷都報達是年卒子阿蒲謨罕默德哈而侖嗣興學施治頌聲載道常稱美之曰哈而侖阿而阿釋鄰近之國亦聞風傾慕在位十九年卒西八百五年卒後三子分其國長子阿敏轄報達西里亞埃及阿非利喀阿剌比等地次子麻謨訥轄波斯東至於突而基斯單三子謨阿塔遜轄小亞細亞黑海南為小亞細亞阿昧尼亞北至於黑海鼎足而峙爭端以起阿敏攻謨阿塔遜為其將他海爾所敗奪報達殺阿敏立麻謨訥為哈里發阿里之黨亦奉阿里後

人阿里治而利達爲哈里發麻謨訥不與爭且娶其女改黑衣爲綠衣以悅阿里之黨見前注國人見其所行不合廢之議立其叔伯伊白拉希姆哀而謨哈立克未幾阿里治而利達死事遂解麻謨訥仍爲哈里發穆宗長慶三年西八百二十三年往攻東羅馬大風覆其師船復以衆往布而噶爾部人助東羅馬與戰敗衄而歸阿拔斯朝自此衰茶大將他海爾轄呼拉商部自立爲國爲他海爾朝所由起見西域上傳文宗大和七年西八百三十三年麻謨訥卒弟謨阿塔遜嗣慮各部酋背叛本國之兵不足恃收買突厥人爲奴僕西書作突而克訓練成親軍建城於報達北百里曰薩米而阿居焉在位九年卒西八百四十二年子瓦體克壁拉嗣旋卒子幼親軍擁立其弟謨塔瓦起而壁拉爲哈里發其子與親軍通使殺其父而立

己親軍從之遂立其子木司灘錫爾壁拉懿宗咸通三年西八百六十二年親軍立其孫木司敦壁拉是時阿里後人曰哈散曰歹亞本倭馬爾復來爭位木司敦壁拉得他海爾之助殺歹亞本倭馬爾哈散逃入達拔而斯單在馬三德蘭境内唐書波斯傳陀拔斯單即此在位四年西八百六十六年親軍作亂殺之謨塔瓦起而次子謨阿塔玆壁拉嗣僅三載西八百六十九年親軍脅令遜位瓦體克壁拉之子謨台諦壁拉嗣殺親軍首領仍爲首領之子所殺在位一年謨阿塔米忒嗣位西八百七十一年以計收親軍之權仍遷歸報達在位二十二年西八百九十二年謨阿塔梯忒壁拉嗣十年西九百二年謨克塔非壁拉嗣七年西九百九年謨克塔的而壁拉嗣位時年十三衆廢之立阿白塔拉又殺之仍立謨克塔的而壁拉繼而其弟喀海而壁拉嗣

位親軍復擅權被廢（西九百三十四年）哀而哈諦壁拉嗣位定親軍大將之稱曰哀密耳阿而渥姆阿（義謂將領中之首領）政由其出哈里發惟主敎而已七年卒（西九百四十一年）謨塔奇壁拉嗣三年（西九百四十四年）親軍廢之以鐵烙其目成瞽木司塔克非嗣兩年謨梯亦壁拉嗣二十八年（西九百七十四年）台亦壁拉嗣十七年（西九百九十一年）喀諦而壁拉嗣四十年（西一千三十一年）喀津姆貝阿謨爾亦拉嗣四十四年（西一千七十五年）埃及八攻報達圍城乞援於塞而柱克王圍始解遂授塞而柱克王哀密耳阿而渥姆阿之職謨克塔諦貝阿謨而亦拉嗣二十年（西一千九十五年）木司灘舍而壁拉嗣二十三年（西一千一百十八年）木司塔而舍壁拉嗣十七年（西一千一百三十五年）拉施特壁拉嗣一年謨克塔非貝俺木而亦拉嗣二十四年（西一千一百六十年）木司灘朮

忒壁拉嗣十年西一千一百七十年木司塔諦貝俺木而亦拉嗣十年西一千一百八十年那昔爾曇丁亦拉嗣四十五年西一千二百二十五年蒙古平西域哈里發東方屬國餘者無幾哀脫塔海而壁拉嗣一年木司丹錫爾壁拉嗣十六年西一千二百四十二年蒙古兵屢侵其境國勢益危木司塔辛壁拉嗣位之十五年西一千二百五十七年以上所云壁拉譯義爲恃天阿剌比語旭烈兀既滅木剌夷謀攻報達木司塔辛無才喜聽樂觀劇西使記謂哈里法患頭痛伶人作新琵琶七十二絃聽之立解亦一證也國事皆決於下附近屬國若羅姆若法而斯若克兒漫皆降服蒙古若哀而陛耳若毛夕耳等部猶依違未定埃及亦大部而道遠且憚蒙古不敢來援低瓦苔兒者報達之官名也郭侃傳有紂苔爾或即此惟傳言將此言相傳爲人名此爲官名職視宰相正副各一人其大將曰素黎曼沙其筦財賦官曰謨

歹代丁皆用事報達城有十葉教人聚居一處阿里後人一派曰十葉教阿拔斯後人一派曰素尼教今土耳其爲素尼教波斯爲十葉教木司塔辛縱兵刼掠謨歹代丁亦奉十葉教怨哈里發殘其同類不惟不懲治部兵反謂盡滅十葉教人庶不生事遂輸誠於旭烈兀願爲蒙古臣僕旭烈兀徵貝住之喪師疑報達不易下慮挾詐責以要約實據謨歹代丁復具書悉以國事相告勸進兵並勸哈里發裁兵額以節饟糈有警則徵調屬國之兵爲衞木司塔辛吝於財從其言低瓦荅兒之副曰哀倍克與哈里發不協謀廢立謨歹代丁知其謀以告哀倍克知其通蒙古亦以告木司塔辛皆不究旭烈兀使至書云我征木剌夷令汝助兵非有他意欲締好也而兵不至汝席祖業迪前光但日入之後月始照耀日出則月沒矣我蒙

古自我祖西征滅貨勒自彌服塞而柱克（羅姆爲塞而柱克分國故云）平低楞（即西北地附錄之低簾木剌夷堡在低楞者居多當即指滅木剌夷）收撫諸阿塔畢凡此諸國逃人入汝境者汝開門延之我蒙古人至則稱兵以拒今我自至汝如見機毀平城壘親來納降或先遣將相大臣來議汝位得保我兵不入如欲戰則速集衆以待屆時飛走路窮汝無後悔木司塔辛覆以書曰汝少年偶然得志便藐視天下自西自東凡信上帝崇正教者皆我管屬我一震怒則義而闌之人皆羣起而逐汝蒙古以歸土而安（義而闌即波斯地之古稱義謂高闌由其地勢高也土而安即突而基斯單之地亦古稱）特我不願衆庶罹鋒鏑故相容耳汝安得令我平毀城壘哉蒙古使者出城百姓努目視幾欲加刃謨牙代丁以兵護送未被害旭烈兀得書議進兵木司塔辛問計於謨牙代

丁則勸以納賂行成而哀倍克不允議久之始令素黎曼沙集兵謨歹代丁不迅籌饟踰五月兵始集饟仍遷延不發木司塔辛復遣二使往說自來列邦攻報達者無不受天譴歷引塞而柱克貨勒自彌等國故事爲證旭烈兀斥其妄報達東界有山爲義拉克阿郯句義拉克阿拉伯兩部分界山有得而屯刻堡守將曰忽珊姆哀丁以事怨哈里發旭烈兀知其情招致之果來見令占奪房堡爲大軍前驅忽珊姆哀丁先允繼歸而悔旭烈兀聞其中變令怯的不花往誘出堡擒之使招堡中人悉出毀其堡殺其兵忽珊姆哀丁亦見殺旭烈兀將自進征憲宗遺星者霍殺哀丁至軍前元史云憲宗酷信巫覡卜筮之術凡詢行事必謹叩之殆無虛日此亦一證以攻報達事而星者奉敎曰如攻報達日不出雨不降士馬亡

年歲荒風霾地震國有大喪詢之奉佛人及將士皆曰吉詢之納昔兒哀丁則素仇哈里發納昔兒哀丁徒思人奉阿里教先從官作詩以獻木司塔辛報達之相以書告木剌夷大酋謂其交通哈里發屬其愼防乃拘置阿剌模忒堡中木剌夷之主復釋而用之力言無此六殃引昔時哈里發爲人致死之事以折霍殺哀丁霍殺哀丁云如無此災殃則殺我迨報達既平其言不驗遂被殺遂決計深入令貝任爲右翼發羅姆涉毛夕耳自報達西北進不花帖木兒句蘇袞察克句偕朮赤孫三人曰布而嘎曰土拉爾曰庫理將別隊佐之令怯的不花句庫圖遜爲左翼自報達東南羅耳之境進旭烈兀將中軍自報達東境進郭侃句伊而喀西人曾見元史者謂當郎郭侃惟伊而喀三字不審何義今作爲兩人見旭烈兀傳注鄂勒克圖句阿而袞阿喀他書多以爲即行尚書省事之阿兒渾喀而拉克筆帖齊筆帖齊官名即元史之必闍赤賽甫扃丁句科者納

昔兒哀丁句阿拉哀丁阿塔瑪里克志費尼皆從法而斯之阿塔畢遣其姪謨罕默德沙率兵以助憲宗七年冬大軍躪乞里茫沙杭城城名見元史西北地附錄德人哈木耳云西一千二百五十八年正月初自哈馬丹起程正月十三日破乞里茫沙杭合之中歷在憲宗七年十一十二月間召右翼貝住等將東渡體格力斯河上游來議軍情以羊胛骨卜之吉蒙古以羊胛卜卦見耶律楚材傳旭烈兀進至呼耳汪河貝住等仍西渡體格力斯促師進發其時報達遣低瓦荅兒哀倍克及將費度昜丁句喀拉辛酷耳駐守體格力斯河東之月庫拔句八奇賽哩皆城名聞貝住等軍已在河西行漸近乃亦引兵西渡遇前鋒將蘇袞察克於盎拔耳城報達西北不及百里蒙古軍敗退費度昜丁老於戎行持重不輕進哀倍克不從追及於堵者耳河體格力斯哀甫拉脫兩河中之橫河昔人開此河以便運道蒙古軍背

廣雅書局栞

水爲陣戰竟日無勝負入夜兩軍皆駐營報達營地低下蒙古軍夜決河堤淹其營次日進攻覆其衆（西一千二百五十八年正月十八日）二將死之哀倍克逃歸報達（郭侃傳云其將紂答兒遁去侃追之夜暴雨明日水深數尺情節微有似處）貝住等至報達西城外據其街市（西正月二十二日）怯的不花既平羅耳（先猶未降附故日既平）兵亦近城而旭烈兀中軍已駐報達城東（西正月十八日已至）城圍遂合城跨體格力斯大河分東西二城西城外環市廛內有子城東城壁壘峻厚牆上築敵臺百六十三座（嘗見西人所繪報達城圖坐東南向西北東城有牆西城無之劉郁西使記云城有東西城中有大河西城無壁壘東城固之以甓甚合而又見他書專考天方教人在東方之事則云西城亦有牆寬廣尺寸咸備並云先建西城後建東城異說紛拏殊難審定）中軍營於阿鄭門（通義拉克阿鄭之路故以此名其門）郭侃句伊而喀句怯的不花營於開而拔提門布而嘎句土拉爾句庫理句希拉們（纔覺編譯之字）

勇冠三軍蒙古人呼爲金柱鄂勒克圖營於速克蘇而灘門此河東軍也西則不花帖木兒貝住蘇衮察克等軍體格力斯河上下游皆泊舟置礮以防其逸築墻掘濠一晝夜工畢近城無石運於遠山撤民居屋甓爲礮臺攻具畢備遂進攻哈里發懼遣謨另代丁等出乞如前議納降旭烈兀曰此我在哈馬丹時之議今我在報達城下矣速令素黎曼沙低瓦苔兒來見遲日別遣官紳出拒不見下令亟攻毀阿鄭門敵臺賁布而嘎等不督兵力攻軍遂登城據其臺西二月初低瓦苔兒具舟以遁爲守兵所扼仍回城郭侃傳所謂合里法登舟以遁有浮梁扼之乃自縛詣軍前降是也哈里發先後遣長子次子出見拒之如前西二月初五初六日旭烈兀遣人召低瓦苔兒及其大將出城哈里發來否聽之西初七日哀倍克素黎曼沙不得已乃出謁次

日悉伏誅越日哈里發挈其三子暨親族宦紳三千人出降（西二月初十日當已在憲宗八年正月）令諭民棄器械勿再抗拒以哈里發父子等置怯的不花營軍入城（西二月十三日）大殺掠惟天主教人（訥司托而教）及他國人居屋不入凡七日民求免乃下令停刃被殺者已八十萬人角兒只兵從征尤盡力屠戮旭烈兀自入城（西二月十五日）至哈里發之宮令畢獻庫儲復詰窖藏目於井而出之黃金珍異充牣其中搜宮中得婦女七百人內監千人旭烈兀以城中伏尸積穢移駐於鄉（西二月二十日）遣使招諭庫昔斯單（報達東南部落）事定欲殺哈里發木司塔辛自知不免請沐浴而後就死同死者長子及內監五人皆裹以氈置衢路驅戰騎蹴踏而斃木司塔辛四十六在位十六載（西書則只十五年蓋必滿一歲乃爲一年也西一千二百五十八年二月二十一日見殺合中

厤在憲宗八年正月報達阿拔斯朝第三十七代至此國亡次日復殺其次子及親族等幼子謨拔來克沙以倭而朵哈屯乞免得不死後娶蒙古女生二子自謨罕默德刱立新教從者風靡招徠之窮濟以威力闢地萬里驅策諸侯王頫首慴伏莫敢異趨雖其後嗣寖衰徒擁虛號然有國者非受其冊封卽無以自立於臣民之上冊封之禮哈里發遣使錫以纏首巾一方約指一枚刀一柄騾一騎韉轡具備飾以瓌寶使者至國官僚郊迎國主迎於國門之內以口嘬使者手背如卑幼見尊長西書又謂以口嘬騾蹄似乎言之過甚然西書固鑿鑿言之使者宣命首以衞護其教爲勖國主聽受惟謹蓋歷六百餘載而哈里發之位始絕亦可謂悠久矣當報達城破時哀脫搭海而壁拉之子阿卜而喀辛阿黑昧脫逃入阿刺比旋至西

廣雅書局栞

里亞世祖中統二年（西一千二百六十一年）埃及王比拔而斯迎以至國立爲哈里發受其册封爲蘇而灘謀復報達以騎兵二千及阿剌比兵衞以東行既踰哀甫拉特河遇其族人哀而哈勤率衆七百來合破歇拉城蒙古將喀拉布哈報達守將阿里巴圖皆以兵至戰於盎拔耳城中伏軍敗阿卜而喀辛無下落（是年西十一月二十九日）惟哀而哈勤得逸入埃及嗣爲哈里發竊號一隅寄托籬下蓋不足舉數云（明時土耳其國滅之自此不聞有哈里發矣此傳所紀謨罕默德事實世系皆由他西書譯出若旭烈兀滅報達則本多桑書也）

附考

咸豐二年壬子湖南長沙府人藍煦撰天方正學一書稱穆罕默德之父曰爾卜賣喇希母曰阿米納穆罕默德係其道號字

曰穆斯特發而不言其名穆罕默德有四大弟子一曰額補白克爾即傳之阿部倍克耳一曰歐墨勒即傳之倭馬爾一曰歐士瑪尼即傳之奧自蠻一曰爾理即傳之阿里穆斯特發之女爾理之婦曰法士默即傳之法梯眛其稱阿里次子哈山之弟則曰矦腮尼亦忽辛之異譯大抵天方教在東土者盡係阿里一派所謂十葉教也

元史譯文證補卷二十三終

元史譯文證補卷二十四

兵部左侍郎總理各國事務衙門行走加三級臣洪鈞撰

木剌夷補傳

案太祖本紀作木剌夷太宗本紀作木羅夷憲宗本紀作沒里奚郭侃傳作木乃兮劉郁西使記作木乃奚今考字音乃字不如剌字之叶從元史之始見者其所據地皆在山臨裏海南山南北狹東西長約五六百里多此種人居堡苦亦斯單在裏海東南多山亦爲木剌夷人所據但可稱爲種落不成爲國○康里補傳附

木剌夷非國名也釋義爲舍正路入迷途蓋其同教之人詈之如此木剌夷人亦奉天方教謨罕默德在世時曾謂門徒火教之異派有七十猶太教有七十一耶穌天主教有七十二我教將來殆必至七十三然其沒後異派數且踰百大抵論上帝論神魂意見略歧喧呶即起未大異也其顯然樹幟相攻者則以教主之位故謨罕默德之壻阿里既被戕其子忽辛復失位教

人多以爲不平雖已有哈里發仍別立伊瑪姆（亦教首之謂特不如哈里發之權勢）必爲阿里之後勿令他族攙越謂阿里靈魂一脈相傳集於伊瑪姆之體穿鑿其說者謂上帝之靈亦式憑之而其位益不可變易阿里後第五代札非而沙體已定其長子伊思馬哀耳嗣位繼以其嗜酒背教規黜之嗣其次子十葉教人（阿里一派曰十葉教）異議又起謂教主之位帝鑒在茲非可朝令夕改乃羣奉伊思馬哀耳之子是爲伊思馬哀耳之教爲木刺夷之所自起（拉施特書稱之曰伊思馬哀耳耆以教名爲國名不稱木刺夷）北宋中葉時教人相率至波斯之地其頭目曰哈山沙巴哈居於低楞宋哲宗元祐五年逐阿刺模忒堡長官奪其堡（西一千九十年九月初六日事）又占鹿忒巴耳堡（阿刺模忒見元史西北地附錄在裏海西南鹿忒巴耳在可斯費音西北相近地）分遣同黨於裏海西南山内險

隘處築堡以居裏海東南苦亦斯單之地亦如之（本紀拖雷還軍經木剌夷國大掠之卽苦亦斯單之堡也）塞而柱克王瑪里克沙發兵捕逐而瑪里克沙卒兵亦罷（西一千九十餘年）哈山沙巴哈教規凡徒黨必應奉教殺仇人陰謀行刺必致死乃已塞而柱克王之相尼匝姆烏而瑪里克其首先被刺者也（西一千九十六年十月十六日）塞而柱克後王散者耳屢遣兵往攻夜寢時有人卓刃於地遺書於案天曉見之大恐遂不敢遣兵哈山沙巴哈死（時在西一千一百二十四年五月二十三日旭烈兀破阿剌模忒堡內中藏書甚多志費尼從軍取其書以出內有哈山沙巴哈傳故志費尼紀之甚詳今但撮要錄之）傳位於倫白賽耳堡主曰基牙布速而克烏米特（倫白賽耳卽西北地附錄之蘭巴撒耳西書亦作倫姆賽耳）蓄刺客益盛殺人益多與交好者有所仇皆可請其洩忿（散者耳之相阿部訥昔耳報達之哈里發木司塔而舍壁拉拉施特壁拉皆爲其所刺死）其蓄刺客之法頭目

所居堡内築爲宫室苑囿務極華美音樂佳麗供奉奢侈肯爲出力殺人者乃得入蓄童子自十二歲至二十皆擇有膽略慤不畏死日喻以天堂福地享用之樂既而醉以異釀（如下所云喀施設酒）乘昏迷時載之入縱恣所欲其後復飲醉仍載以出醒後詢所遇則謨罕默德所云天堂福地殆無以過終老是鄉庶幾大快乃令往殺某某事成復其故處不幸身喪魂升於天樂亦如是則皆踊躍用命或爲商賈或爲奴僕不遠千里以行其志（此節旁采西人謨克波羅及倭槓力克兩人之書皆元時人曾至中國復遊西域語必不謬劉郁西使記所云大略相同然不如西書之詳盡）天方教戒飲酒而木剌夷人不禁同教之詈稱名之由所由來也宋甯宗慶元四年（西一千一百九十八年）復占可斯賁音在近之阿斯蘭庫沙堡貨勒自彌王喀塔施以兵至僞降而夜從地道入

殺其兵未幾兵再至又請降請分先後行以納還侵地先行者不被殺害則以次出堡否則死守諾之而前隊去後無繼者蓋已盡行矣其詭譎類如此太祖西征大軍既渡阿母河木剌夷遣人輸款志費尼云木剌夷人自言亦如此案其時木剌夷酋長爲只拉而哀丁哈山旋死其子阿剌愛丁謨罕默德嗣位太宗本紀元年木羅夷國主來朝當是其子首先輸款元史亦可徵也其後西域主札剌勒丁自印度西還建國令其將鄂而堪轄呼拉商侵掠其部人鄂而堪往甘札被剌而死蒙古五將西伐之役見西域下傳木剌夷乘機占塔密千札剌勒丁將伐之而使至其相與其使者同飲至醉乃曰公等軍中皆有我輩人特公等瞢然耳不信請證諸從者呼其五僕至一爲印度人謂某月日某處左右無他人即可加刃以未奉命故不敢其相大懼札剌勒丁聞之投五僕於火議

用兵以輸賦納貢得免憲宗卽位之二年以木剌夷凶悍無道命皇弟旭烈兀統軍西征乃蠻人怯的不花率萬二千人先行元史憲宗二年正月遣乞都不花攻未來吉兒都怯寨七月命怯的不花征沒里奚似屬兩事然乞都不花卽怯的不花非兩人未來吉兒都怯亦必係木剌夷之堡詳下吉兒都苦堡注中怯的不花西書作怯的不客猶是哈喀之異譯怯的不花爲乃蠻人足補元史之闕次年之苦亦斯單下其數堡復至塔密千攻吉兒都苦堡塔密千地名亦山名在裏海南偏東郭侃傳之擔寒山卽塔密干山乞都卜卽吉兒都苦堡西使記作乞都布傳記所云城在山上險峻難攻皆與西書同案本紀之吉兒都怯寨當卽此堡惟未來二字不得其解疑未字爲木字之誤木來與木剌夷音相近也以在山上故元史不曰城而曰寨本紀七年始平此寨與西書所紀時序相合高踞山巔徑絕攀援矢石俱皆不能及怯的不花築營兩重掘濠兩道令其將布里駐守自引兵攻掠左近城堡未幾吉兒都苦守者刼營殺布里傷士卒頗衆怯的不花聞警亟回別遣他將四往攻

掠吉兒都苦堡病疫木剌夷酋長阿剌愛丁謨罕默德遣精鋭百餘人備藥及鹽（藥草名海那不知何物謂可治疫）突營而入完守如故憲宗五年冬阿剌愛丁謨罕默德死當阿剌愛丁始嗣位僅九歲（太宗本紀系朝之年爲十七歲）既長有疾類癡醫者不敢治謂伊瑪姆如天天豈可治哉十八歲生子名兀克乃丁庫沙定以爲嗣衆望屬之而其父懷忌虐待其子兀克乃丁庫沙告於衆我父不能理事以致人心離渙蒙古兵來衆以爲然一日父醉卧林間爲人所殺咸謂卽其子主使（西一千二百五十五年十二月初二日在憲宗五年冬郭侃傳兀魯兀乃算灘郎兀克乃丁也其父阿力卽阿剌也惟郭侃傳劉郁西使記所言情節與西域書不同孰是孰非未可遽定）兀克乃丁庫沙既嗣位遷居梅門迭司堡憲宗六年旭烈兀至西域令怯的不花庫喀伊而喀力攻苦亦斯單各城堡遂克枯姆城（庫喀似是郭侃）

（惟伊而喀不得其解彼時漢人往往加以蒙古名稱元史列傳屢見之）旭烈兀至噶部珊遣使諭降繼又遣海拉脫境內官吏往諭有徒思人火者納昔兒哀丁及數醫士皆勸兀克乃丁庫沙勿再抗拒取禍乃遣其弟薩恆沙偕使者來謁諭以盡墮其堡親來納降則汝父從前虐待蒙古人之咎我可以恕既而兀克乃丁庫沙不至旭烈兀進至波斯單（在馬三德蘭南面山內）復遣使來求寬限一載當自來謁吉兒都苦堡及他堡當諭令歸順旭烈兀知其意在緩兵若至冬寒則蒙古騎卒艱於入山攻戰仍西行下其屬堡抵迭馬溫脫城（裹海南面之山統名曰迭馬溫山曷思麥里傳所謂禿馬溫山是也城亦當在山內）再招降乃允遣諭吉兒都苦堡降附（在憲宗六年秋冬之間）而仍不自至梅門迭司阿剌模忒倫白賽耳三大堡完守如故旭烈兀遂令布喀帖木兒庫喀伊而喀

自馬三德蘭進爲北軍台古塔兒察合台孫怯的不花自胡瓦耳何西姆曩進兩地皆見西北地附錄西姆曩郎西模娘爲南軍旭烈兀將中軍爲東路自搭勒干城以進時在憲宗六年冬初兀克乃丁又遣其幼子來輸款尚未及十齡旭烈兀遣歸進軍至梅門迭司周視形勢議合攻衆將以冬寒馬乏食請且返布喀帖木兒不謂然乃復遣人諭限五日出降許以不死兀克乃丁庫沙延宕計窮與其臣火者納昔兒哀丁出降火者爲讀書人之稱謂亦爲貴人納昔兒哀丁其名也郭侃傳之卜者納失兒西使記之大者納失兒當卽此人惟在梅門迭司而非在吉兒都苦又傳作守將記作相臣皆不相合時憲宗六年冬也西一千二百五十六年十一月二十日出降盡獻其藏貨亦不至如傳說之甚此可與西使記所云金玉寶貨甚多之說相參遲日大軍入堡令兀克乃丁庫沙遣人偕蒙古官諭下四十餘堡盡隳之而阿剌模忒倫白賽耳二堡仍拒

命旭烈兀自至阿剌模忒力攻始降阿來曷丁阿塔瑪里克志費尼得其內藏書籍測量儀器苦亦斯單平毀五十餘堡來告藏事遺將囫倫白賚耳久始克之統計不過一百數十堡郭侃傳言下一百二十八城數不甚遠西使記謂所屬山城三百六十已而皆下三百其一百之訛乎木剌夷人居於西里亞者亦使人往諭降事定欲殺兀克乃丁庫沙而已與誓約未可背盟未幾兀克乃丁庫沙自請入朝乃誅之於途中志費尼則云既至而憲宗拒不見遣歸行至通噶脫山並從者皆被殺憲宗曾諭旭烈兀盡除木剌夷人故分其人於各營俟其西行後下令無少長悉誅在苦亦斯單殺一萬二千人他處亦如之西使記所謂王師既克誅之無噍類是也然究未淨絕海拉脫史云西一千五百年海拉脫仍有木剌夷人間有得脫者皆逃匿其居西里亞者不稱曰木剌夷曰哈施身其人善以麻葉釀酒醉人使迷名其葉曰哈施設

故名其人曰哈施施身歐羅巴人不能言哈施身訛而爲阿殺辛今西國人謂人之謀殺人者曰阿殺辛語本於此居西里亞者自成一部落周約數百里昔時天主教人謀復耶穌墓者隕命於此輩之手指不勝屈後爲埃及所滅木剌夷興滅起訖凡一百七十六載傳七代西使記謂霸四十餘年未盡事實

附康里補傳西書字音亦爲康里

康里別作康鄰康鄰見元祕史古高車之後拉施特阿卜而嘎錫所言皆同元史不忽木傳云世爲康里部大人康里卽漢高車國也是元史亦同魏書曰高車蓋古赤狄之餘種也初號爲狄歷北方以爲勅勒諸夏以爲高車丁零其語略與匈奴同而時有小異或云其先匈奴之甥也無都統大帥當種各有君長爲性麤猛黨類同心至於寇難翕然相依鬬無行陣頭別衝突乍出乍入不能堅戰其遷徙隨水草衣皮食肉牛羊畜產

盡與蠕蠕同惟車輪高大輻數至多後徙於鹿渾海西北百餘里部落彊大常與蠕蠕為敵又或謂古時其部侵掠他族鹵獲至多騎不勝負有部人能製車車高大勝重載乃盡取鹵獲以返故以高車名其部語出阿卜而嘎錫元魏以後不見於史蓋其部衆已為蠕蠕所破突厥既盛東西萬里悉歸役屬名號改易書籍無徵蒙古崛興康里始著其居地直鹹海北而西及於裏海西與奇卜察克為鄰南與貨勒自彌接壤本紀之西域卽貨勒自彌國也西域王母為康里巳牙烏脫部主女曷思麥里傳尋征康里至孛子八里城與其主霍脫思罕戰敗其軍霍脫烏脫音近識以存疑能相夫主國事多用康里人為兵將訛脫剌城渠酋掠蒙古商賈殺其命吏以致西伐之師渠酋卽康里人王母之弟太祖十六年辛巳以西域不日底定命哲

别速不台北征奇卜察克既殘其衆復敗俄羅斯軍十九年東入康里乘勝席捲前無堅敵遂躪其部（西書記征康里不詳元史速不台傳蔑里乞部主霍都奔欽察速不台追之與欽察戰於玉峪敗之康里在東欽察在西如往欽察必經康里則當帝征西域之前已兵臨其境然阿沙不花傳云太祖拔康里時其祖母有二子皆幼國亂家破無所依一夕有數騎皆重負突入營中發視其裝皆西域重寶遂載二子越數國至京師時太祖已崩據此則康里之拔必在太祖季年其爲哲速二將北征之役更無疑義而速不台在太祖朝僅一至欽察傳乃誤爲兩役亦可取以爲證）康里本仍游牧舊俗既被兵部落遂潰其居地屬朮赤拔都封境部人亦從至奇卜察克其東歸朝廷者入兵籍其後遂置康里衞王族子孫仍授康國王爵仕於朝功名文學多顯者（竊考漢之康居與高車音近唐之康國與康里字同不忽木傳康里即漢高車國也兩漢書無高車但有康居魏書敘高車始起未著何時所謂匈奴單于之幼女嫁爲狼妻生子滋繁成國荒渺無稽之說等於槃瓠卽使有之亦決非秦漢以後之事其居地又與漢康居唐康國鄰近竊疑康居高車音既從同族非異類特東西別

虙部落遂殊漢之康居或卽是高車二字元之康里或卽爲康居分支皆未可知書傳無徵用志疑案

元史譯文證補卷二十四終

元史譯文證補卷二十六上

兵部左侍郎總理各國事務衙門行走加三級臣洪鈞撰

地理志西北地附錄釋地上

篤來帖木兒位下 察合台五世孫詳察合台世系考

途魯吉

元史書法係部名非城名經世大典圖在可失哈耳北阿力麻里西南蓋即西人所稱突而基斯單也突而基爲突厥轉音元史作途魯吉蓋未能考義但取叶音稽之唐書爲西突厥十姓可汗之地今西洲之土耳其國先亦突厥族類故鄰邦稱爲土耳其是可爲途魯吉卽突厥之一證

柯耳魯地

柯耳魯亦部名圖在阿力麻里西北元代阿力麻里在今伊犁西就字音地望考之蓋即元史之哈剌魯元史沙全傳哈剌魯人也罕的斤傳匣剌魯人祖匣荅兒密立以斡思堅部哈剌魯軍三千來歸匣即哈字之譌元史紀傳皆作哈音西域書皆作喀音唐末波斯地人伊斯他克勒稱爲喀耳立佉云此部人在古斯之東契丹之西（原文不作契丹作唐嘎氏詳見西域補傳即長春西遊記注古斯部人）拉施特稱爲喀耳魯克云其始祖爲烏古斯汗與蒙古同出一源部落居地近喀押立（即元史之海押立在今伊犁西詳海押立考）喀耳魯柯耳魯字音地望參較同符太祖本紀六年西域哈剌魯部主阿昔蘭罕來降以其遠在西陲故稱西域（李吏部回紇回回辨謂哈剌魯即哈喇火州望文生義其說大誤）元祕史太祖命忽必來征合兒魯兀惕其主阿兒思蘭降附來

見太祖太祖賜以女合兒魯兀即哈剌魯忽必來見元史太祖本紀又作虎必來祕史於人名地名部名譯音最審當作哈兒而非哈剌凡喀字音蒙古皆變爲哈如可汗爲合罕喀喇爲哈喇是也據此則其部名當是喀柯等音而非哈音拉施特亦云巴魯喇斯族人忽必來西書譯音忽誤作庫祕史作巴魯剌撒自以巴魯喇斯爲叶征喀耳魯克克即兀音之變未煩兵力阿而斯蘭自來臣服蒙古稱之曰撒兒特案祕史譯文作撒兒塔兀勒即此撒兒特又太祖之征西域亦稱之曰撒兒塔兀勒西人云今錫爾河一帶居民猶有撒兒特名目其義何居向無確解同治年間英人名紹游歷喀什噶爾著書敍述風土考得撒兒特爲土著不逐水草移徙之謂語出乞兒吉思蓋回紇語也蒙古此語當亦本之至兀勒二字爲語尾字音蒙古之兀猶華語之的無關字義新唐書葛邏祿本突厥諸族在北廷西北金山之西跨僕固振水包多怛嶺有三族永徽初三族內屬顯慶二年置都督府三族當東西突厥間視其興

衰附叛不常後稍南徙自號三姓葉護兵强甘於闕至德後葛邏祿浸盛與回紇爭强徙十姓可汗故地盡有碎葉怛邏斯諸城案其地望所謂北廷西北金山之西正與經世大典圖形相符葛邏祿柯耳魯字音亦近元史類編文翰傳補遺葛邏祿迺賢字易之本葛邏祿氏世居金山之西後散處內地漢姓爲馬隨兄塔海仲良官江浙遂家明州長於歌詩時浙人韓與玉能書王子充善古文人目爲江南三絕至正間用薦爲編修官有金臺集海雲清嘯集行世元史無葛邏祿之部必是柯耳魯迺賢考唐書自知即葛邏祿人故以爲氏也四庫全書提要河朔訪古紀二卷納新作納新族出西北郭囉洛因以爲氏郭囉洛原作葛邏祿納新原作迺賢今改正郭囉洛者以西域圖志考之即今塔爾巴哈台元時諸色目人散處天下故納新寓居南陽後移於鄞縣案提要之考地是矣唐時葛邏祿兵强地廣塔爾巴哈台自宜在其境內若元初則塔爾巴哈台爲太宗分地葛邏祿必更在西多桑地圖列此部於巴勒喀什淖爾東南與唐書元大典圖合祕史古出魯克往西遼經畏兀兒哈兒魯以往程途亦合故知柯耳魯即葛邏祿也蓋唐季兵强地廣至宋而衰僅守一隅之地元定宗時天主

敎王遣使潑闌喀批尼東來其紀行書亦有是部地望皆合惟稱爲喀洛拉則又葛邏祿之變音矣輟耕錄載色目三十一種有哈剌魯苦里魯匣剌魯似是異部然輟耕錄成於明初其時元史已出故所紀大元宗室世系悉與元史世系表同其載蒙古七十二種內中複出甚多如木里乞滅里乞滅里吉歹末里乞歹四種實一種也如是之誤不一而足故知不可爲據

畏兀兒地

部名北自別失八里至哈喇火州以南皆其轄地元史屢見畏吾兒亦作畏兀兒所謂高昌國王亦都護是也畏吾兒即唐之回紇元祕史作委兀兒又作委吾邱長春西游記至昌八剌城其王畏午兒中國北方讀回如輝統覈諸書實應作畏作委不

當作回其誤由於唐書至紇與兀吾北方字音無大區別今西人書作畏孤兒西人無紇兀等字音故訛爲孤阿卜而嗄錫書訓義爲聚言其氣類合聚不復離渙今回人心最齊此解近似可爲唐書回紇傳注解元史巴兒朮阿兒忒的斤傳敘其始起甚詳所謂薛靈哥水卽今俄羅斯之色棱格河秃忽剌水卽今之土拉河惟遷交州後稱居是者九百七十餘年疑有訛字上文明言與唐人攻戰唐以金蓮公主妻玉倫的斤之子自唐初至宋末不過六百餘年作史者不應併此不知李吏部謂元史此傳全係杜撰一以歲次太遠一以金蓮公主唐書無徵歲次之誤辨已見上元和林有金蓮川見耶律鑄雙溪醉隱集詩注金蓮公主之稱似有由來元歐陽圭齋高昌偰氏家傳亦溯發祥於和林三水虞文靖公集撰高昌王世勳碑曰畏吾兒之地有和林山二水出焉曰虎忽剌曰薛靈哥其云天光降樹在兩河間樹生癭癭裂得嬰兒五等語與元史同唐遣金蓮公主和親後遷交州等語並同畏吾兒之卽回紇

多有證據豈可輕信異說執正史之微疵而遽詆爲杜撰耶巴兒朮後裔封地何時改屬於察合台後王無可考核當是海都亂後失國歸朝元史謂巴兒朮既卒而次子玉古倫赤的斤嗣未言長子拉施特哀丁所紀有足備軼事異聞者附錄於此畏兀兒王巴兒朮臣服太祖從征至西域又至西夏太祖妻以女阿爾屯別吉元史傳作也里安敦表作也立可敦元祕史作阿勒阿勒屯互相參校自以祕史爲叶未幾太祖崩緩婚期太宗卽位議遣王姬下嫁而阿爾屯卒無何巴兒朮亦卒此與元史不同巴而朮先有子名怯石邁因嗣亦都護位元祕史作亦都兀惕西書作伊的庫旋卒乃馬眞皇后命怯石邁因之弟薩侖柢嗣立憲宗卽位薩侖柢來朝而別失八里之地流言忽起謂薩侖柢將盡戮民之從天方教者其僕告變蒙古官賽甫曷丁監治別失八里亟要薩侖柢返詢

無是謀而其僕堅證之事聞於朝付忙哥撒兒鞫治刑訊薩侖柢遂誣服令其弟倭肯赤殺之代其位元史玉古倫赤蓋卽此倭肯赤從天方教入則大悅薩侖柢崇釋氏民與異教故設謀害其主有二臣同死一臣流於遠僕膺賞其時憲宗與太宗子孫不協故凡附太宗之人在畏兀兒地者斥逐殆盡

哥疾寧

城名在巴達克山西南印度河東今西圖亦稱嘎自尼爲古時國都其見於華書者魏書西域傳伽色尼國在悉密南悉密卽布哈爾詳下不花剌釋地伽色尼嘎自尼音類言其地望當云東南或魏書統言國境非專指都城惟所紀里數不足爲據魏書於諸國道里多誤非止此也大典圖方位皆合

可不里

城名亦在巴達克山西南今稱喀不爾阿富汗建都於此西書云古稱喀不拉宋眞宗景德至孝宗淳熙年間西一千年至一千一百八十二年地屬嘎自尼國後屬郭耳復併於貨勒自彌太祖西征遂歸蒙古西八考唐書有高附當卽其地蓋高附喀不音近地望亦合特無他證作耳當在哥疾甯北而大典圖在東似誤

巴達哈傷

城名亦部名今稱巴達克山自喀什噶爾越葱嶺以至吐喀里斯單必由巴達克山經行吐喀里斯單卽唐之吐火羅今屬阿富汗火字音西書每譯成喀字音斯單猶言地方西人謂常作以斯單羅以合音則似里字故曰吐喀里斯單西域地名多從古語審音考地沿流溯源揣摩得之十可七八唐元奘西域記渡縛芻河至鉢鐸創

那國縛芻卽阿母河當日元奘東歸在阿母河上游過渡正從巴達克山東踰葱嶺則鉢鐸創那又巴達克山之異譯元祕史有巴惕客薛亦卽此

途思

案本紀拖雷克徒思當卽途思此爲西域孔道名城近時孔道已更城市始漸蕭索唐時哈里發哈而倫葬墓於此蒙古西來發其墓城亦被毀元太宗時蒙古官庫而古司重建城當在巴達克山之西當屬不賽因今大典圖乃在東北而屬篤來帖木兒豈葱嶺西南近地別有途思城耶無考

忒耳迷

城名見西域補傳上亦曰忒耳昧特俄羅斯地圖稱忒耳迷在阿母河

北出鐵門而南以渡阿母河古時皆取道此城今改於忒耳迷之西渡河元史昔塔剌海傳從征忽纏帖哩麻賽蘭諸國帖哩麻卽忒耳迷云諸國者元史之誤大唐西域記自覩貨邏國順縛芻河北下流至呾密國殆卽忒耳迷西域多以城名爲國名故疑是也綱目作帖力迷

不花剌

圖在撒麻耳干西偏南其爲布哈爾無疑元史皆作卜哈兒亦作蒲華剌字收音僅此一見案西國輿圖布哈爾都城稱布哈拉與此正同元史人名不花者皆應作布哈義謂牯牛也西域人云最古之城唐中宗時（西七百年後）屬於阿剌比（卽唐書之大食）唐昭宗後（西九百年後）西域之薩蠻朝（見西域補傳上）建都於此案唐書西域傳安

者一曰布豁又曰捕喝西瀕烏滸河布豁捕喝皆布哈之異譯阿母河源出葱嶺曰鄂克疏河又曰瓦汗河亦曰烏汗河唐書烏滸當是烏汗轉音元奘西域記作縛芻河或是鄂克疏轉音代遠千年音經重譯誠難吻合而烏滸縛芻之即阿母河可無疑義布哈爾在唐時其名已見謂非最古城哉前六十年英人游歷著書云阿母河古稱朮渾纔稱鄂克蘇斯後稱阿母達里雅

那黑沙不

城在布哈爾之東今爲布哈爾屬地名那克捨迫即魏書之那識波國唐稱那色波唐書曰那色波亦曰小史蓋爲史所役屬居吐火羅故地東阸葱嶺西接波剌斯即波斯南雪山西人考波斯史云波斯薩山朝漢建安五年波斯滅而復興王名薩山故曰薩山朝奴失爾宛王在

位時西五百三十一年至五百七十九年爲中國梁武帝中大通三年至陳宣帝太建十一年中國可汗兵至兩河之間卽錫爾阿母兩河近那克捨迫之地敗海脫勒汗考其時序必係魏周之兵惜魏書周書無考元英宗至治元年後西一千三百二十一年蒙古稱其地曰喀而什因察合台第五代孫葛貝克汗篤來帖木兒前二代王與篤來帖木兒同父兄弟曾於其地建立宮殿蒙古稱宮殿曰喀而什故亦名城爲喀而什明茅元儀武備志卷二百二十七韃靼方言稱殿爲哈而什各兒當卽此喀而什哈喀二音通用

的里安

圖作的宾里在不花剌柯提之間查古時貨勒自彌之南有城曰搭里安今廢或卽此應在柯提南

撒厤耳干

明史謂元太祖蕩平西域易前代國名以蒙古語始有撒馬兒

罕之名案元史皆稱尋思干或云薛迷思干惟西北地附錄稱撒麻耳干邱長春西游記作邪米思干元祕史作薛米思堅亦作薛未思加耶律楚材西游錄尋思干者西人云肥也以地土肥饒故以名得此注釋於是尋思干薛迷思干等稱皆可豁然貫通西人云此爲鄰部之稱若其本境自稱則實是撒馬兒罕唐書西域傳康者一曰薩末鞬亦曰颯末建在那密水南唐元奘西域記亦云颯末建國唐言康國也那密爲納林之訛撒馬兒罕與薩末鞬颯末建同條共貫著於唐書曷嘗是蒙古語更徵諸塔什干塔什干即唐之石國（詳下察赤釋地）唐書石國西南五百里至康國今自塔什干至撒麻耳干道里適合康石二國可以互證徼外之地已則不考而漫以詆人明史於是乎失言矣明

史又謂撒馬兒罕卽漢罽賓地隋曰漕國唐復名罽賓此眞臆說黃楙材游歷芻言安分尋思干與撒馬爾罕爲二謂西遼都城一在尋思干一在撒馬爾罕此等臆說皆不足信

忽氈

圖在察赤南撒麻耳干東則此城必濱錫爾河錫爾河見一統志卽納林河納林河行至安集延北與塔爾河會始有錫爾之稱中華載籍惟云納林元史郭寶玉傳次忽章河進兵下尋思干城劉郁西使記過忽牽河卽長春西游記霍闡沒輦由浮橋渡國語沒輦謂河案蒙古謂河曰沐漣沒輦卽沐漣也明史西域傳沙鹿海牙西北臨大河曰火站架浮梁以渡李吏部光廷謂忽章忽牽霍闡火站一音之轉實則納林河耳然此數音與納林絕不相類異名曷自莫釋疑圖今譯西書錫爾河濱有苦程城以城名爲河名猶中

廣雅書局栞

國長江在京口爲京江也西人於火忽等字音每訛爲苦𤫊章等音又訛爲程遂謂之苦程俄圖音如霍鄭較叶回部之浩罕亦稱霍罕西人則謂之柯堪波斯之呼拉商部西人云柯拉森凡此之類不勝枚舉耶律楚材西游錄苦盞城西北五百里有訛打剌城是華書亦有作苦字音者元史伯顏傳祖阿剌罕忽禪有功薛塔剌海傳從征忽纏諸國徐松西域水道記霍罕屬城有霍占皆卽元史地志之忽𤫊河以城名諸書疑案昭若發矇矣同治五年俄羅斯併之屬錫爾達里雅省西國圖書又稱爲苦程特新唐書西域傳石國南二百里所抵俱戰提西南五百里康也苦程特當云忽𤫊特正與俱戰提音類方向道里皆符石國至康此城爲孔道是又可爲唐書釋地

麻耳亦囊

今曰瑪爾噶閉地併於俄在費而干省內俄語曰厤耳格蘭其南又有諾倭厤耳格蘭諾倭譯義爲新

可失哈耳

今曰喀什噶爾爲漢疏勒故地唐書疏勒居迦師城迦師喀什音類疑此城名起於古昔其見於西域書者大食東來侵奪其地在唐開元年間地名亦同阿黎意本阿拉育勒體耳之書有云可失噶爾豁且（卽和闐）東西突而基斯單等地先屬喀喇契丹闊兒汗（卽西遼古兒罕見祕史）成吉思汗卽位之十三年（西一千二百十八年）地皆入於蒙古後屬察合台據此則太祖之滅屈出律曷思麥里以其首徇各地望風皆下必是太祖十三年事元祕史作乞思合兒合讀如哈

忽炭

即和闐唐書于闐國有瞿薩旦那屈丹豁旦諸稱西人考之瞿薩旦那本乎梵音當是印度人之稱突而克人云屈丹波斯阿剌比人云豁旦夫瞿薩旦那爲印度梵音自是確論若屈丹豁旦之分正恐未必元祕史作兀丹元史又作斡端耶律楚材西游錄作五端

柯提

圖在花剌子模東南俄圖音同他國圖或作喀忒唐昭宗天復至宋眞宗咸平年間西九百年至一千年間貨勒自彌郗城在此貨勒自彌即花剌子模亦即唐書西域傳之貨利習彌國唐書又云一日過利疑即柯提之轉音今俄圖離機窪城六十餘里稱柯提

城卽西人之所謂喀忒元史之所謂柯提

兀提剌耳

西游錄苦盞城西北五百里有訛打剌城以圖中方位道里計之若合符節本紀之訛荅剌斡脫羅兒元祕史之兀荅剌兒兀的剌兒皆卽此城句尾當有兒字音西域小阿昧尼亞王海屯入朝和林其紀程書亦作訛忒拉兒城已久廢

巴補

今俄地圖自那馬干至忽氊路中有巴魄城屬費而干省當卽巴補西游錄以苦盞八普可傘三城並稱蓋自西南來先過苦盞再八普再可傘魄普字音九近苦盞卽忽氊可傘卽柯散皆兒西北地中費而干本係古國俄人取爲省名非俄剏造唐書

西域傳石東南千餘里有怖悍者山四環之地膏腴多馬羊西千里距堵利瑟那東臨葉水出葱嶺北原色濁西北流入大磧此可證石國之右涯素葉河即此葉水元奘西域記作怖悍怖音敷廢反正與費而干音合費字讀如夫以二字合音道里方位形勢皆不差謬唐書怖悍係誤當作怖大典圖巴補在忽鏜東不誤惟與痲耳亦囊位置未盡洽合

訛迹邪

圖作訛迹在可失哈耳西北自是葱嶺以西之地西人謂即烏斯勘音在堅肯之間回部亦稱訛耳勘巴卑爾釋地書云烏斯勘爲昔之費而干會城案也罕的斤傳有瓦斯堅或即此元祕史大祖命沙兒塔兀勒人馬思忽惕管不合兒句薛米思堅句兀籠格

赤句兀丹句乞思合兒句兀里羊等城兀里羊或即訛耳勘之異譯同治十二年西一千八百七十一年西人游歷至此謂已荒廢耶律希亮傳中統三年十月自布拉城至于亦思寬之地于亦思寬當即烏斯勘下云四年至可失哈里城知與喀什噶爾相距非遠也

倭赤

今日烏什漢于闐地徐松西域水道記烏什城據瑚赤山東南面山係小石山高聳孤立回語謂山石突出爲烏赤即烏什也城以山得名元稱倭赤似較今稱尤叶俄人稱之曰烏赤烏什

苦叉

今日庫車漢龜茲地當準部未平時今之伊犁亦曰苦而叉至

今西國輿圖仍稱伊犂爲苦而叉圖理琛異域錄俄羅斯南面諸國有庫策皆謂卽今庫車然其時庫車與俄界隔絶不應列諸鄰部或指伊犂而言未可知也

柯散

今俄地圖納林河與塔爾河會流處之北曰那馬干那馬干六十華里有城曰喀散喀散西北與塔什干遥遥相望西游錄有可弗城卽此經世大典圖柯散在察赤東南方位字音全合唐書甯遠者本拔汗那或曰鏺汗元魏時謂破洛那去京師八千里居西鞬城在眞珠河之北有大城六遏波之治渴塞城高宗三年以渴塞城爲休循州都督渴塞柯散音近眞珠河卽納林河亦卽錫爾河方位亦合存以俟考

阿忒八失

耶律希亮傳四年至可失哈里城四月阿里不哥兵復至希亮又從征至渾八升城希亮母從后避暑於阿體八升山疑城以山得名西人云山在亦息庫爾（即特穆爾圖淖爾）南面山西麓出水曰阿忒八失河入於納林河昔俄人廓斯屯柯游歷至此云其地甚繁庶又一俄人云河邊有古城遺蹟據其所言並考俄圖此城當在阿力麻里亦剌八里之西南臨阿忒八失河城以河得名經世大典圖形相合先當爲布魯特游牧地今併於俄屬七河省

八里茫

圖在倭赤北無考

察赤

卽今之塔什干唐之石國錫爾河東濱塔什干爲名城元史紀傳皆不載惟成宗大德元年有薛迷思干塔刺斯塔失元三年民賦等語塔失元卽塔什干明孝宗宏治年閒撒馬爾干王帖木兒後人巴卑爾立國於喀不爾巴卑爾見瀛環志略波斯志中喀不爾作噶布而志略云武宗正德年閒立國說不相合案明宏治十三年爲西一千五百年巴卑爾敗於謌斯伯八豈敗後始立國於噶不爾歟謌斯伯朮赤後人爲元代分封西北著名之汗其所部人後遷於東卽此謌斯伯名其部族詳上著書釋地謂塔什干爲俗稱著作家不云塔什干多云柘折或云察赤

國朝康熙四十二年西一千七百二年英人莫邇游歷著書稱塔什干爲察赤先於莫邇游歷者謂塔什之義爲石干爲城國案唐書西域傳石或曰柘支曰柘折曰赭時漢大宛北鄙也去京師九

千里南五百里康也右涯素葉河王姓石治柘折城故康居小王窳匿城地西南有藥殺水入中國謂之眞珠河亦曰質河唐元奘西域記亦云赭時國唐石國也西臨葉河柘支柘折赭時皆與察赤音近其謂塔什干爲唐石國確無疑義唐書之素葉河元奘作葉河無素字西八考古謂錫爾河古稱藥克殺藥克殺當即唐書之藥殺葉河當即藥字轉音錫爾河匯合衆流最遠之源則爲納林即唐之那密水唐書分析言之未能融會遂成異派各有主名天山葱嶺西北之水皆出中國無入中國者必是唐書之誤

也云赤

圖在亦剌八里西無考劉郁西使記有亦運河或在此河濱以

水得名

亦剌八里

圖在阿力麻里西南必瀕伊犁河元憲宗時小阿昧尼亞王海屯八朝和林歸程紀行謂抵伊闌八里克後渡伊拉河伊闌伊拉皆伊犁異譯唐書本有伊列河之稱耶律楚材西游錄又作亦列八里謂城回紇語亦突厥語蒙古先時謂城曰巴剌哈孫此見元秘史卯長春西游記繼稱八里則沿回紇語今波斯謂城亦曰巴剌至明代薊門防禦考則云北虜謂城爲合託此見茅元儀武備志合當讀如哈似又兼西域語今裏海東南面有城曰烏孫哈達哈達卽哈託蓋斥地愈廣收撫種類愈繁本國語言亦隨而變易思麥里傳有亦八里城疑卽此明史有亦力把里國謂別失八里國王納黑失者罕爲從弟歪思所弑而自

立徙其部落西去更國號曰亦力把里續文獻通考曰亦力把力不知古何國地竊以私意補之曰唐時西突厥地高宗顯慶二年蘇定方等渡伊麗河攻阿史那賀魯平之地隸都護府自安西北庭淪陷後始不可考居沙漠間在肅州西北二千七百里有熱海周數百里俗呼亦息渴而元名其地爲別失八里案此語誤元初別失八里卽今烏魯木齊屬畏吾兒亦剌八里當屬阿力麻里卯長春西游記至阿里馬城鋪速滿國王來迎知此地別有酋長阿力麻里王名見西域補傳上明永樂十六年歪思弑其從兒王納黑失只罕自立爲王徙其國西去遂更國號曰亦力把力亦力把里亦力把力皆卽元之亦剌八里以城名稱之本非國號安得爲更亦息渴而明史而作兒卽特穆爾圖淖爾今各西國輿圖俱稱亦息庫爾從其俗稱音未差池載於明史由來已久西域水道記特穆爾圖淖爾亦曰圖斯庫爾不云亦息渴兒恐徐氏考之

未盡

普剌

元人著作屢見此城西游錄作不剌劉郁西使記作孛羅元史耶律希亮傳作布拉地望字音皆合今城已廢當在博羅塔拉河左近南臨賽喇木淖爾西域書稱曰普剌特稱賽喇木淖爾曰速忒庫爾海屯紀程書云先經普拉特城再經速忒庫爾憲宗時法國教士路卜洛克東來紀事云普剌特城有台吞人爲鎔金製器之工匠蒙哥西征旋師挈以至此台吞人卽今德意志人法人有此稱謂至今猶然語意近乎輕藐德人不樂聞之

也迷失

城名無可徵引惟速不台傳平奇卜察克軍歸畧也迷里霍只

部獲馬萬餘望文生義差可附會圖在普剌東北西人考之謂元史憲宗本紀耶律希亮傳之葉密里卽此也迷失詳葉密爾考

阿力麻里

元之阿力麻里在今伊犂西遺址無徵要非甚遠自元史世祖本紀地理志西北地注二說歧誤遂聚訟紛如徐松西域水道記旣辨地理志阿力麻里爲海都分地之非是察合台分地復考正北庭西北行四五千里至阿力麻里道路之差世祖本紀阿力麻里在和林北方位之誤皆詳覈可據惟改阿力麻里爲阿里瑪圖則爲千慮一失阿里瑪圖自是河名阿力麻里自是城名圖有也里當卽八里之省文猶言城阿里瑪阿力麻皆謂里譯字

不同急讀之音仍無別此當是回紇語若蒙古語則果日者泥四梨日阿力痲見茅元儀武備志耶律楚材西游錄則云土人目林檎曰阿里馬尤各不同李吏部光廷誤於世祖紀皇子北平王建幕於和林野里麻里地一語謂阿力麻里在今烏里雅蘇台而以今伊犁西之阿力麻里援西游錄西游記斷爲當作阿里馬經世大典圖明作阿力麻里明在庫車之北元之別失八里西游錄作別石把西游記作鼈思馬皆奪里字地非同文迹者各異豈可望文生義强爲區分耶多桑書作阿耳麻里克仍是八里克謂城之義

合剌火者

今日哈喇和卓元之火州詳下

發克壁

西域水道記吐魯番鎮城曰廣安唐之安樂城其東七十里爲火州元火州治今曰哈喇和卓又東五十里曰魯克沁東漢之柳中城也魯克沁即魯克塵

別失八里

元別失八里有二一在高麗北陶宗儀輟耕錄高麗以北名別失八里譯言連五城也罪人之流奴而干者必經此其地極寒海自八月即冰明年四五月方解人行其上如平地征東行省每歲委官至奴而干給散囚糧須用站車每車以四狗挽之案元史遼陽省有狗站即此回語五爲別失城爲八里輟耕錄之說不謬一在今之烏魯木齊元爲北庭都護府舊有回鶻五城故名別失八里與輟耕錄義同元初屬畏吾兒耶律楚材西游

錄金山南有回鶻城名別石把邱長春西游記西至鼈思馬大城回紇王部族勸葡萄酒海都亂後高昌失地遂屬察合台後王朔方備乘合丹傳謂憲宗遷合丹於別失八里卽今之喀喇沙爾何所據而言不得其解

他古新

西域水道記今吐魯番廣安城西二十里爲古交河城唐之西州貞觀時安西都護治自雅兒湖西南行百里爲布幹臺又西南七十里爲託克遜臺託克遜他古新音類惟圖中方位在魯克塵東北不合西人考之亦云卽託克遜豈圖之偶誤耶

仰吉八里

城亦無徵惟海屯紀程書有之稱爲仰吉八里克西往伊犁孔

道所經案西域水道記瑪納斯河東岸里許有城墉舊基曰陽巴勒噶遜乾隆四十二年於其東建南北二城北曰康吉南曰綏寧後改綏來縣治所謂陽巴勒噶遜當即仰吉八里舊址陽仰音近徐氏自注陽漢人語巴勒噶遜準語城也城向陽有城基故名合漢語準語爲一解近附會

古塔巴

西域水道記準語呼圖克拜者吉祥也今彼中之諺易曰呼圖壁譯爲有鬼乾隆二十九年於其地築城曰景化原注昌吉縣城西一百一十里三十八年移寧邊巡檢駐之呼圖克拜河出城南八十里之松山北流出山逕瑪納斯營卡倫西凡北流二十五里爲渠口疏東流渠六西流渠五又北流五十五里逕景化城北流百餘

廣雅書局栞

里與羅克倫會呼圖克拜亟讀之便似古塔巴地圖方位亦合

彰八里

元史或作昌八里或作操八里其見於海屯紀程書者作昌八里克西域水道記昌吉河發源孟克圖嶺北麓四源並發匯而北流至山外分爲渠經昌吉縣治其城曰寧邊乾隆二十七年建寨圖中方位亦卽在此命名之義問諸水濱矣元史李進傳至元十九年命屯田西域別失八里二十三年海都及篤哇等領軍至洪水山進與力戰軍潰被擒至操八里遁還至和州操八里卽彰八里固知地在別失八里及哈喇火州之中也

月祖伯位下　案月祖伯爲朮赤第五代孫元史又作月卽別西書皆稱之曰諤思伯元史今改本作諤思伯是也其所部人後有遷於東者稱爲諤思伯部海國圖志引外國史略云哈薩克所有居民各分種類其土民稱爲他益與白西人

風俗畧同其餘屬土耳其者或烏土百之族類所謂他盆即大抑大希之異譯蓋指阿剌比人見西域補傳上白西即波斯土耳其非謂今之土耳其其國乃是突厥之變音烏土百即諤思百也朔方備乘朮赤傳謂月即別一作月祖伯自後部落遂以月祖伯爲號其說良確然亦是後來之事非諤思伯沒後即有是稱且由播遷異地得此種族之名非在原地西北地附錄誤繫於城名之下亟宜改正

撒耳柯思

元祕史太祖命速別額台征迤北康鄰等十一部落內有薛兒客速惕即撒耳柯思元祕史蒙文於斯思等音譯作速者甚多如俄羅斯作斡魯速是也祕史太宗時又稱薛兒格速惕格客譯字之異蒙文語尾惕字今作特猶華語的字非部落本名此部在高喀斯山北圖列於阿蘭阿思之南偏東方位相近拉施特哀丁云薛兒喀西亞別作扯而開思今西書多稱扯而開思

又有阿拔嗒思句阿拔奇之稱昔時阿速部人詈此部人曰嗒雜克猶云强盜今俄南境端河濱有部落曰端司科嗒雜克即朔方備乘等書之端戈薩司其人善馳驟俄之突騎悉出於此沿襲惡名轉成勇號撒耳柯思地今入俄有不服俄者遷入土耳其張穆蒙古游牧記乾隆四十年定塔爾巴哈台之東霍博克薩里爲舊土爾扈特部北路以策伯克多爾濟領之授盟長注云初策伯克多爾濟來歸獻金削刀及色爾克斯馬色爾克斯者洪豁爾屬部也得其馬以獻賜名寶吉騮列

御廐八駿之一案色爾克斯即撒耳柯思洪豁爾即控噶爾土爾扈特稱土耳其曰控噶爾蓋乾隆三十六年撒耳柯思猶未併於俄也

阿蘭阿思

部族名即元史之阿速朔方備乘以今俄南境近臨黑海之阿索富城當元之阿速見解甚是惜未賅備或以今哈薩克阿速爲阿速大誤部西域人稱爲阿蘭又曰阿蘭你又曰阿思則爲阿速之轉音地理志稱阿蘭阿思蓋二名並舉或彼土自有此稱俄羅斯書稱爲耶西亦阿思阿速音轉其部族居高喀斯山北西濱阿索富海阿索富城以阿索富海得名在阿索富海黑海南北分界陸地開城建何時不可考阿索富海先名速噶忒後改阿索富或云阿思人自以部名名之說與何氏合然謂海非謂城明史阿速傳背山面川川南流入海所背之山即高喀斯所面之川即端河入阿索富海西域人云阿思都城曰麻斯案即太宗之阿蘇蔑怯思

西書或作蔑克思見[illegible]都補傳注立國已多歷年所先從天主教後從天方教元史列傳阿速人甚多今西人考之謂內多天主教人名如□兒吉即角兒只之轉音英國古王有角兒只第一角兒只第二之名□兒吉之子曰的迭的兒即狄米忒里之轉音捏古剌傳無氏籍惟云在憲宗朝與也里牙阿速三十人來歸子爲左阿速衞千戶則當是阿速人捏古剌即尼古老之轉音今俄君之祖名尼古老第一俄君太子名尼古老第二狄米忒里俄先代名此者亦多也里牙阿速即曷里耶斯之轉音案魯申繻曰名有五有信有義有象有假有類以名生爲信以德命爲義以類命爲象取于物爲假取于父爲類蒙古命名有義有象有假而取物爲多泰西尙類其類也不以父以古人故同名最多天方教人亦然但聞其名即知其國元世諸色目人皆得入仕西人

之説或不誣也元世祖時費尼斯國人今爲義大利屬地謨克波羅入仕於元著書云阿速人多入軍籍從天主教伯顔平江南師至常州城將乞降阿速軍入城城中蓄良醞甚多酣飲醉臥兵民盡殺之而拒守招降不從乃攻破其城悉屠其衆與元史伯顔傳說異而屠城不異史書紀述有時不及私家著録之眞採之可以補常州府志元阿速卽漢奄蔡詳奄蔡考

欽察

部族名在烏拉嶺西裏海黑海以北元史作乞卜察兀今改奇卜察克譯音最叶俄書稱其地曰波羅物夾稱其種人曰波羅物齊他國皆稱奇卜察克古時東羅馬國稱之曰庫滿亦云庫滿尼元初天主教王使臣潑闌喀批尼法王使人路卜洛克小

阿昧尼亞王海屯皆道出其地皆稱庫滿惟波斯地人稱奇卜察克與蒙古同相傳有二解一謂突厥族派凡五一爲奇卜察克與蒙古同屬烏古斯汗之後烏古斯汗與亦脫巴阿部戰敗退至兩河間（未言何河）有陣亡將弁婦懷孕臨蓐軍行倉猝無產所就空樹中生子烏古斯汗收育之名以奇卜察克義謂空樹越十七年烏古斯戰勝亦脫巴阿人遂降其部未久復叛乃令奇卜察克往牙愛克河（即烏拉河）亦脫巴阿居中以鎮撫之因以名部此拉施特哀丁與阿卜而嘎錫之言也一謂荒野平地之民亦云戴世脫奇卜察克義同語出波斯俄之波羅物次同解此近世西人之說也就二者衡之拉施特哀丁生於元代仕宗藩之朝與蒙古老成人討論掌故撰爲國史阿卜而嘎錫爲朮赤裔

孫身當明季去元猶近說當可信然所謂烏古斯汗者不知何時人何國主鋪敘戰功且踰波斯而至埃及中西古籍咸無可徵故近世西人非不知其說而解爲荒野平地之民者無徵故也西人涉獵華史元魏之時烏孫西徙葱嶺自是厥後杳不知其所之而唐初突厥所屬之可薩部直裏海北即在奇卜察克之地西書稱曰哈薩兒亦云役於突厥在唐中葉又有部族自東而西哈薩兒部被逼西徙舊時游牧地悉屬別姓謂此部族即是烏孫俄稱奇卜察克爲波羅物次物次當是烏斯轉音今俄南境帖尼駁河古名烏蘇河帖尼駁河入黑海之地曰烏速立姆那猶言烏速海灣當由烏孫居此故有烏斯烏速烏蘇之稱不惟筆之於書且繪爲圖以明種族遷變蹤跡俄羅斯考古

輿圖亦於蒙古未來之先列烏孫部於奇卜察克北境以實元人王惲之說而明已之並非烏孫蓋嘗遍求西書考尋其說究屬揣摩擬合初無實據烏孫西徙而爲奇卜察克於理有之於傳亦仍無徵焉耳

阿羅思

今官私文書定稱爲俄羅斯詳審西音似云遏而羅斯遏而二字滚於舌尖一氣噴薄而出幾於有聲無詞自來章奏紀載曰斡羅思鄂羅斯厄羅斯兀魯斯直無定字又曰羅刹邏察羅車羅沙則沒其啟口之音促讀斯字變爲刹察歧異百出有由來也其族類曰司拉弗哀（弗字更須照吳下音讀乃合）既非烏孫亦非羌種佛書羅刹尤爲儗不於倫其國名最晚著而族類之名則早見西

書中國齊末為西五百年日耳曼人南侵羅馬本境空虛有司拉弗哀人自東來居其地見羅馬古書烏孫通貢元魏亦在是時其非烏孫可知無怪俄人不承即他國西人亦謂非是俄史釋司拉弗哀義謂榮耀歐洲他國則釋為傭奴瀛環志畧謂唐以前為西北散部受役屬於匈奴此說最為近似元人所謂林木中百姓是也唐季此種人居於俄今都森彼德普爾之南舊都莫斯科之北其北鄰為瑞典挪威國國人有柳利哥者兄弟三人夙號雄武侵陵他族收撫此種人立為部落柳利哥故居地有過而羅斯之名遂以是名部他西國人釋之曰過而羅為搖艣聲古時瑞典挪威國人專事鈔掠駕舟四出柳利哥亦盜魁故其地有是稱是說也俄人所不樂聞法國東北境有諾爾蠻省古時即為瑞典挪威人侵掠據地自立為國英國亦然柳利哥建國在唐咸通三年其部初無城郭至是建諸物哥羅特諾

物謂新哥羅特謂城在俄今都南二百餘華里微偏東城非古城名則依舊後嗣漸拓而南遷於計掖甫近鄰黑海行封建之制瓜分豆剖地裂亂生蒙古西來橫挑大敵元師再舉稽首稱臣明世蒙古衰而俄始強明季西人艾儒畧職方外紀謂亞細亞西北之盡境有大國焉曰莫哥斯未亞魏源曰即鄂羅斯也俞正燮議此書不知有俄羅斯豈知外域音殊字别況此時鄂羅斯尚未兼併西費雅之地乎案魏氏說是也然職方外紀所云非音字之殊乃名稱之異俄自降藩蒙古遷都於莫斯科泰西列邦風氣阻隔不以自主之國相待故明時西人多不稱俄羅斯但名之曰莫斯科未亞而未音不叶又應如上之弗哀今音弗應從吳音外紀作莫哥斯爲字之倒置未亞而猶言地方又曰莫斯科未忒未字音不叶說見前則言其國之人至今

泰西猶有是稱詞近輕忽亦俄人所不樂聞（瀛環志畧有汲詩明當是由此傳訛）俄羅斯至今猶極大經世大典地圖猶可考見當時俄域僅據一隅云

不里阿耳

圖作不撒耳今曰布而噶爾西域人稱之曰孛老耳亦曰孛拉耳（疑即元史兀良合台傳之孛烈兒）故元祕史謂之孛烈兒又曰孛烈兒蠻則謂孛烈兒之部人元初布而噶爾分東西二部西部在黑海西今仍曰布而噶爾爲土耳其屬國光緒五年土敗於俄布而噶爾幾歸俄屬俄爲之立君遣官監治使爲我用而其君有貳心於俄所遣官被斥未幾衛士逐其君國人不服仍迎還而其君畏俄禍堅遜位國人擇立今君則素附於奧者奧亦畏俄蠶食

鄰近小邦故力庇之光緒十四年俄與幾將搆衅各出重兵屯於界上相持不下者已兩載今猶未定也東部在裏海北烏拉嶺西當浮而嘎河東喀馬河濱西部出於東部以歲饑移徙而爲今國經世大典地圖在欽察東北蓋東部也其都城亦名布而噶爾雜喀山城二百五十華里遺迹尚存元太祖時哲别速不台北征兵躪其境太宗時拔都西伐都城始毁其部亦滅拔都之鄂而多先駐於布而嘎爾嗣建薩萊城於浮而嘎河下游始冬夏分駐焉拔都於布而嘎爾鑄錢今猶有存者此部人從天方教

撒吉剌

黑海北境海水形如蟹兩螯左螯則黑海彎環東注右螯則爲

阿索富海兩海通注而中有陸地爲之分界其兩鼇交抱閒又有陸地縱橫各數百里今名客勒姆昔名撒吉利其地南濱多山北皆平壤有撒吉剌河發源南山山之北有撒吉剌城河經城中西北流復東北入阿索富海今俄改城名曰辛福洛普爾於是撒吉剌之名遂泯撒吉剌爲希臘語漢之先希臘人於此通舟楫利商賈故知厥稱爲古客勒姆卽元祕史之客兒綿有客勒姆城故祕史注爲城名今廢祕史每以乞瓦綿客兒綿二城並稱案乞瓦綿卽求綿音在每門之閒綿字亦非甚叶在烏拉嶺東圖理琛異域錄謂之圖斂

花剌子模

鹹海西南裏海以東阿母河下游以西皆是地名最古中國周

初波斯之火敎書已見此地名春秋時波斯以箭頭字鐫石亦見此名字形多如箭頭作个字形西人名爲箭頭字波斯語解謂地低平唐書西域傳有貨利習彌國卽花剌子模之異譯審定字音當曰貨勒自彌初作西域補傳所譯西書都作柯拉色姆繼稽西北地乃悟卽花拉子模復詢波斯人考正其音則爲貨勒自彌知唐書譯音尤勝元史今俄地圖鹹海裏海閒地字音如貨勒自彌又知東方輿地俄圖勝於他國元奘西域記作貨利習彌迦多迦字唐書謂居烏滸河陽烏滸卽阿母河古時阿母河入裏海河自布哈爾東南徑西北行距鹹海三百餘里分支西行花剌子模在其南故云居水之陽惟西域記云捕喝國又西四百餘里至伐地國又西南五百餘里至貨利習彌迦國捕喝卽布哈爾方位不能相合若改西南爲西北庶幾近似元奘書例書行者親游蹤也書至者傳聞紀也未履其地但憑

傳說所以致誤其部都城本在喀忒郎西北地之柯提（見前）後遷於烏爾鞬赤多桑云當作忽爾坎赤蒙古人稱為烏爾根赤阿剌比人又訛為郭而占尼牙明洪武二十一年帖木兒毀其城後重建非舊址（今烏爾根赤在機窪城北數十里古城在西北彼時阿母河西入裏海城跨河為南北二城）

賽蘭

元史薛塔剌海傳稱為國明史亦列西域國中邱長春西游記賽藍城有回紇王其所謂王殆不過酋長而已未足云國西域人稱為賽而拉乃是賽蘭本音拉施特哀丁云塔剌斯賽而拉二處突而克人久居於此蓋本是西突厥故域又云地為海都所轄則是世祖成宗時賽蘭尚未屬朮赤後王也而海都所據之地亦約畧可見

巴耳赤邗

即本紀之八兒眞元時潑闌喀批尼句海屯紀行之書作巴耳勤今西國藏有古錢上有巴兒勤字音當是此城所鑄今地已湮沒無考

賽蘭巴耳赤邗氊的三城皆西臨錫爾河而氊的尤在下游爲錫爾河將達鹹海之處俄人前於鹹海設水師築礮台於錫爾河濱距礮台三十華里地名亮而枯特即此城舊址乞而吉斯人冢墓甚多

氊的

元史譯文證補卷二十六上

元史譯文證補卷二十六下

兵部左侍郎總理各國事務衙門行走加三級臣洪鈞撰

地理志西北地附錄釋地下

不賽因位下旭烈兀後第八代汗自有傳

八哈剌因

波斯海灣內海島地狹而長近海灣西岸登岸則阿剌比地也

何王所拓之地西書無考

怯失

波斯海灣島名先爲通商大埠亦云怯夕與八哈剌因東西斜向相望大典圖形甚合中國唐宋時商賈船常至此貿易忽里模子旣興怯失乃衰今已廢怯失未興之時海島商賈皆聚於

昔喇甫城爲元時起兒漫部内之城濱海對面卽怯失島

八吉打

圖無而元史書法非尋常城邑之名蓋卽西使記所謂報達國也元史憲宗紀作八哈塔祕史作巴黑塔今西人多稱爲八格達又曰八格達特卽祕史之巴黑塔惕詳報達補傳不賽因後西域旋亂報達迭遭兵燹帖木兒西來復定於一其後復亂而土耳其國盛強嘉靖十五年（西一千五百三十四年）奪報達之地天啟三年（西一千六百二十三年）波斯人奪回崇禎十一年（西一千六百三十八年）仍爲土耳其所割今居民不過數萬人

孫丹尼牙

詢之波斯人謂當作蘇而灘尼牙案蘇而灘係彼土帝稱尼牙

猶言都會在可斯費音西北二百里卽志內可疾云蒙古王所建城見台古塔爾傳在彼時爲王畿今波斯猶有此城則僅一城名而已

忽里模子

波斯海灣口外島名應在怯失之東圖無職方外紀云百爾西亞斯卽波南有島曰忽魯謨斯赤道北二十七度其地悉是鹽否則琉黄之屬草木不生鳥獸絕迹人著皮履雨過履底輒敗多地震氣候極熱人須坐臥水中沒至口方解又絕無淡水勺水亦從海外載至其艱如此因其地居三大州之中凡亞細亞歐羅巴利未亞之富商大賈多聚此地百貨騈集人烟輻輳凡海內極珍奇難致之物往輒取之如寄卽此島也詢之波斯人字

音當作忽爾模斯元史音未盡叶今貿易遷徙海島荒涼不復如艾儒畧之説瀛環志畧謂波斯東南隅有惡末嶼古時海舶互市於此久已荒廢惡末即忽爾模斯之訛

可咱隆

城名近波斯海灣先屬法而斯部見旭烈兀補傳可當讀如喀

設剌子

城名當日設剌斯先爲法而斯部都城旭烈兀時法而斯爲附庸之邦故郭侃傳劉郁西使記皆稱石羅子國以城名爲國名旭烈兀後法而斯亡詳旭烈兀傳

泄剌失

圖在設剌子東今無此城名古亦無考前六十年英人游歷書

云自西而東先過喀咱隆再過設喇斯後過咳喇合與大典圖形甚符而字音不符未可遽斷

苦法

圖無城在波斯海灣西北哀甫拉特河西與歇拉城相近歇拉爲古名城後漢書自安息西行至阿蠻國從阿蠻西行至斯賓國從斯賓南行度河又西南至于羅國九百六十里安息西界極矣自此南乘海乃通大秦西人考之謂于羅即歇拉從斯濱度河即度體格力斯哀甫拉特兩河

瓦夕的

圖無案體格力斯哀甫拉特兩河之中南境有城曰蝸夕特必即此瓦夕的

兀乞八剌

圖在毛夕里東南案八格達城北百餘里昔有城曰亦克八爾阿剌比人考他書稱爲兀克八剌方位字音均與圖符聞城已廢而俄圖仍載之稱爲亦克八爾

毛夕里

本一小國在體格力斯河西圖符中統三年國滅見旭烈兀傳俄圖音若毛夕耳他國圖音似木蘇耳

設里汪

圖在兀乞八剌之東案體格力斯河東有支河曰呼耳汪濱河有城亦曰呼耳汪元史地名凡有里字多爲耳字音之變惟呼設二音不合而圖形甚合或者西圖字音變其土語耶

羅耳

本爲國名有大羅耳小羅耳不賽因時羅耳已滅故列之城名中今西圖稱羅里斯單猶突而基斯單印度斯單之例惟今圖在呼耳汪東南而大典圖在東此有微異然大典地圖僅志方位大概未可規規求合

乞里茫沙杭

今城猶存當云克里曼沙罕克里曼沙西域故王名當是建城之王以王名爲城名非古城也自東來趨報達此爲孔道見報達傳

蘭巴撒耳

圖在乞里茫沙杭正東今波斯無此地惟裏海西南隅昔有堡

後爲城曰倫白賽耳爲木剌夷酋長所居見木剌夷傳字音相類今波斯人皆知此城應在孫丹尼牙東疑圖有誤

那哈完的

當作那哈溫忒新唐書大食傳阿沒或曰阿昧東南距陀拔斯單十五日行（唐書原無單字然必係陀拔斯單不可少單字）南沙蘭一月行北距海二日行居你訶溫多城宜馬羊俗柔寬故大食常游牧於此唐書所紀都盤六國方向程途殊難考合惟阿昧當卽阿昧尼亞尼亞與尼牙同義其國本在裏海西南北距海二日行蓋言其北境非指都城陀拔斯單今西圖作達拔里斯單在裏海東南隅方向程途不相上下你訶溫多必是那哈溫忒阿昧尼亞應在那哈溫忒之北或已南徙阿昧爲古時大部而久已滅亡分裂

漢書安息西有阿蠻國殆卽阿昧

亦思法杭

城爲波斯古都亦見西域下傳明史作亦思弗罕

撒瓦

裏海南偏西今城猶存在波斯今都台喝而蘭城西南一百五十里西域補傳見此城名

柯傷

當曰喀傷在亦思法杭北見西域下傳

低廉

裏海西南濱有地名低楞西書謂古有基蘭部低楞爲基蘭部內山地元史低廉當卽此案唐書大食傳有岐蘭疑卽基蘭然

云岐蘭東南二十日行得阿沒則不相合應在撒里牙阿模里之西而大典圖在南亦不合詢之波斯人則謂低簾必係低楞之訛

胡瓦耳

當作海瓦耳俄圖音同波斯人云亦有別稱音類哈耳即胡瓦耳胡瓦耳正哈耳之轉音應在阿模里南西模娘西圖形未合

西模娘

當作西模囊在海瓦耳東徼偏南圖在胡瓦耳北不合此係古城西域補傳曾見

阿剌模式

本係木剌夷之寨堡北濱裏海其東則阿模爾今大典圖乃在

阿模里西南末合

可疾云

今城猶存可疾當作可斯末一字無合音之字不得已而以費音二字切合成音圖中位置微有差處

阿模里

當作阿模爾爲馬三德蘭部內省城直裏海正南大典圖形尙合

撒里牙

馬三德蘭部內城近阿模爾今尙存圖形符合爲古時達拔里斯單省城本曰撒里末牙字音則語尾所增唐書陀拔斯單或曰陀拔薩憚其國三面阻山北瀕小海居婆里城西人考唐書

謂婆字當是娑字之誤娑里撒里字異音同城名亦同西人此論未可斥其謬妄

塔米設

裏海東南隅城名圖符阿剌比語曰塔米斯波斯語類乎塔米賽元史作設尚無大異在達拔里斯單部內

贊章

俄圖稱此城音如散贊與元史爲近他國或稱生占在可斯費音西北與圖形符惟孫丹尼牙在南相距不過百里圖乃東西分列相距頗遠與今西圖異位

阿八哈耳

案今西圖應在蘇爾灘尼牙東微偏南與大典圖異城名見西

城下傳非始於阿八哈大王也

撒里荒

今曰蘇立曼尼牙猶蘇爾灘尼牙之例蘇立曼爲天方敎人之名名此者甚多報達之哈里發亦有是名何人所建未及博考大典圖形亦未盡合今屬土耳其

朱里章

大典圖形當今裏海東南隅今距裏海東隅約百里有朱里章城遺址阿剌比人稱爲角兒占或又稱戈而干本河名自東南來入裏海朱里章城以河得名元史元祕史皆有擲擲闌河祕史又有出黑扯連城拖雷曾渡河以攻此城裏海東南河道落落可數無同名者惟朱里章河與擲擲闌字音徵近出黑扯連

亦是捌捌闌之變音疑即此朱里章也

的希思丹

今考西圖當曰的喝以斯單喝以三字併合急讀元史作希由無合音字也大典圖位亦合今爲俄波交界

巴耳打阿

西域下傳有阿而俺部在裏海西巴耳八阿爲從前阿而俺部都城近苦耳河元末明初帖木兒西來曾駐巴耳八阿十呂乾隆初年其地叛亂波斯兵討平之城遂燬今其城尚有小村落曰巴耳岱即打阿之變音今屬於俄圖在毛夕里不誤特過於偏西

打耳班

譯義爲門蓋裏海西濵北踰高喀斯山之要道古時波斯於此築牆阻高喀斯山北部族來擾之路如中國之長城打耳班其通行之地也今西圖曰得耳奔特哲別由西域北征阿速欽察卽由玆路元史所謂繞寬田吉思海展轉至太和嶺卽高喀斯山也大典圖方位甚合

巴某

圖無西人云法而斯部有拔姆城或卽巴某案姆字當讀如吳下俗音不讀作母泰西文字譯以華音輒不能合由字音不全也然曾以姆字詢波斯人彼謂本國無此字音則恐西人由某字音以致訛拔姆之卽巴某宜似可信

塔八辛

圖無案苦喝以斯單部内有此城名亦云塔八三又云塔八斯地有雙城阿剌比人謂雙爲哀因故曰塔八斯哀因急讀之即爲塔八辛

不思忒

圖在極東南隅蓋昔義斯單部之首城親征錄作不昔思丹恐有奪字當曰不思忒昔義斯單乃合昔義斯單祕史更作昔思田

法因

圖無西人云苦喝以斯單北境有城曰喀因亦曰法因昔爲苦喝以斯單首城木剌夷人據之當即此法因

乃洗不耳

圖無審音考地必是曷思麥里傳之你沙不兒本紀之匿察兀兒親征錄之你沙兀兒在徒思西明史坤城傳後有你沙兀兒

撒剌哈歹

圖無今波斯國中亦無此合音之城名不得已而摹擬以求合曰今波斯裏海西南有城名雷赫歹或即撒剌哈歹又哈達謂城波斯語元史之昔剌思城又名撒剌克斯或即撒剌哈達之謂又裏海東南有沙黑陸特城如誤將陸黑二字倒轉即是撒剌哈歹

巴瓦兒的

圖無案元史列傳阿剌瓦而思回鶻八瓦耳氏太祖征西域駐蹕八瓦耳之地阿剌瓦而思來降所謂八瓦耳必即此巴瓦兒

的西人云馬魯正西四百數十華里有城曰阿陛費而特舊名巴費兒特殆卽此城惟太祖西征既渡阿母河卽東南行以至印度河未西至馬魯焉有駐蹕馬魯以西之事則又恐元史列傳之訛今地已入俄

麻里兀

圖在巴里黑西北巴里黑卽本紀之班勒紇則麻里兀必是馬魯見於本紀爲古時名城後漢書安息東界木鹿城號爲小安息去洛陽二萬里木鹿卽馬魯疆界道里皆不甚差謬新唐書大食傳呼羅珊木鹿人馬魯爲呼拉商部内四大城之一傳當云呼羅珊之木鹿人文義乃明今皆稱爲梅而甫正麻里兀之變音

塔里干

裏海西南有城曰塔密干印度河上游之西北亦有山寨名塔里堪卽本紀之塔里寒寨今大典圖在東界則應是塔里寒然南之哥疾寧可不里皆屬篤來帖木兒不應缺此北面波斯城寨名塔里干者頗多未可執一以斷

巴里黑

圖在東界卽本紀班勒紇察罕傳板勒紇八西游記作班里缺黑字音西游錄作班城幷缺里字音今俄圖稱巴而黑他國地圖或稱巴而克明史坤城傳後亦有把力黑部

吉利吉思撼合納謙州益蘭州等處

吉利吉思亦作乞力吉思又作乞兒吉思卽今之哈薩克今俄

羅斯稱哈薩克曰乞兒吉思案哈薩克分三部必不止一族吉利吉思殆是哈薩克始起部族謂乞兒義謂四十吉思爲女語出回紇古時匈奴以漢地女四十人嫁夫居此故蒙是稱與元史說合又卽唐之黠戛新唐書曰黠戛斯古堅昆國也地當伊吾之西焉耆北白山之旁或曰居勿曰結骨其種雜丁零乃匈奴西鄙也匈奴封李陵爲右賢王衛律爲丁零王後郅支單于破堅昆郅支留都之故後世得其地者訛爲結骨稍號紇骨亦曰紇扢斯直回紇西北三千里南依貪漫山地夏沮洳冬積雪人皆長大赤髮晳面綠瞳以黑髮爲不祥黑瞳者必曰陵苗裔也以十二物紀年如歲在寅則曰虎年氣多寒雖大河亦半冰其君曰阿熱遂姓阿熱氏駐牙青山周柵代垣聯氊爲帳其文字言語與回鶻同青山之東有

水曰劍河偶艇以度水悉東北流經其國合而北入於海堅昆本强國地與突厥等其酋長三人曰訖悉輩曰居沙波輩曰阿米輩共治其國案輩即別乞之別伯克之伯亦作畢作比酋長之稱也貞觀二十二年聞鐵勒等已入臣即來朝以其地爲堅昆府高宗世再來朝景龍中獻方物中宗勞之曰而國與我同宗非他蕃比屬以酒乾元中爲回紇所破自是不能通中國後狄語訛爲黠夏斯蓋回紇謂之若曰黃赤面云又訛爲夏夏斯回鶻稍衰阿熱即自稱可汗回鶻伐之不勝拏鬬二十年不解回鶻將句錄莫賀導阿熱破殺回鶻可汗阿熱遂徙牙牢山之南牢山亦曰賭滿距回鶻舊牙馬行十五日會昌中阿熱遣注五合素上書武宗大悅命太僕卿趙蕃持節臨慰其國使譯官考山川國風又詔阿熱著

宗正屬籍遼史太宗六年穆宗應歷二年景宗保寧八年皆來貢窽黠戛斯與乞兒吉斯音合貪漫賭滿音同字異皆當即今之唐努山元史之唐麓嶺雖異稱而對音回鶻舊牙在元和林徙居山南十五日行程不相上下案一統志引朔漠圖云自和林北行三千里至昂吉爾海子自此又行五百餘里至謙州及吉利吉思今考昂吉爾當即拜哈爾湖由昂可剌河先入於湖故以此稱之昂吉爾即昂可剌也自和林北行當東轉至今庫倫乃直北至今恰克圖再西北行至拜哈爾湖之西南隅約程途二千餘里若和林直北別有捷徑則不過千餘里即至拜哈爾之西南矣復西行千數百里乃達謙州朔漠圖之說不能吻合豈昂吉爾海子別有所指歟然謙州吉利吉思皆在和林西北非正北也劒河即元史之謙河在唐努山烏梁海境內俄地圖曰烏魯克姆河烏魯譯義為大姆字當如吳下俗音閉口讀之出以鼻音宋張文潛明道雜志曰經傳無嬸妗二字蓋嬸為世母之合音妗為舅母之合音今如字讀之未必合

音疑其說不讎及以讀姆字之法讀母字便切合矣克姆合音如肯亦如侃變音爲謙華字無姆音不得已而以穆木等字代之故水道提綱作華克穆河別作克木亦作客木烏魯克姆河西南行將及二百里轉而西北行七百餘里貝克姆河自東北來會提綱作貝克穆河兩河合而西北行四百餘里西南之克姆池克河曲折流東北六百餘里而來會提綱作克穆齊克二河會流處地名克姆克姆池克提綱作克穆克穆齊克上克姆指東之克姆河下爲西河之名克字爲語尾助詞可不讀合音讀之音似肯肯池元西域史備載其地音似肯肯助卽謙謙州之所由來也俄羅斯既稱哈薩克爲乞兒吉思又稱爲肯助特猶言謙州特一則部名一則水名特爲衆之統詞元史或省文

但曰謙州以河爲名史言至當此三大源皆在中國界上自此全河正北行入俄羅斯界不三百里而河流加廣爲俄之葉尼賽河遂無克姆之稱曲折而北先西北繼東北千數百里昂可剌河東來合流西北入北海昂可剌河入於拜哈爾湖而復出與葉尼賽河東西相並北行後折而東入於葉尼賽元史謂謙河注於昂可剌河未合當云繼合昂可剌河入海唐書言劒河偶艇以度水悉東北流似指克姆池克河或指葉尼賽河元史云吉利吉思境長千四百里廣半之謙河經其中西北流所謂長指南北而言則爲葉尼賽河且知元時但有謙河之稱而無葉尼賽之名又言西南有水曰阿浦東北有水曰玉須皆巨浸案俄圖葉尼賽河旁支甚多核其名稱介在疑似未可强附烏

魯克姆起於多特淖爾華言陶託泊泊之正東不及二百里有闊索果勒水泊華言庫蘇古爾西出一支入陶託泊所謂古爾果勒皆湖泊之別稱與淖爾同義玉須或即庫蘇闊索然元史言東北又言會於謙而注於昂可剌河以在葉尼賽下游則亦未可强附案徐松誤以昂可剌河即謙河又誤以厄爾庫爲阿浦伊里穆爲玉須魏源以謙河即昂可剌河上游玉須即伊里穆阿浦即葉尼賽其誤相等何秋濤之考水道爲確然以貝克穆河當東北之玉須則非蓋秋濤但見西國輿地全圖水道不備未及見俄之細圖也然則今之唐努山烏梁海正漢之堅昆唐之黠戛斯元之乞兒吉思故地乾隆二十年烏梁海賊郭勒卓輝博博等爲傳準酋阿睦爾撒納煽哈薩克阿布賚汗入寇二十一年三月以阿睦爾撒納煽烏梁海梗哈薩克道詔札哈沁公札木禪從哈達哈剿烏梁海叛賊有固爾班和卓

者奇爾吉斯宰桑也攜千餘戸潛赴烏梁海車布登札布及車
登三丕勒等邀擒之因進兵哈薩克界朔方備乘備載其事
國朝西北部族久無奇爾吉斯之稱其即爲哈薩克即元之乞
兒吉思無疑俄人之稱因名徵義尤足闡明元史唐書解黠戛
斯爲黃赤面自與皙面之說矛盾固知其未是也乞而吉思何
時西徙改爲哈薩克於傳無徵元史劉哈剌拔都魯傳世祖諭
曰自此而北乃顔故地曰阿八剌忽者素產魚吾今立城而以
兀連當即兀良哈今作烏梁海史省哈字速不台傳兀良八郎省哈字之證是爲唐努山北之烏梁海非蒙古之烏梁海
別見部族考朔方備乘謂兀連當是兀速即地理志附錄之烏斯何氏蓋未知元時乞兒吉思之東固有烏梁海部族不必改
史文以附合烏斯憨哈納思當即地理志之撼合納元祕史有哈卜哈納思疑同乞里吉里下里字當
是思字之訛即吉利吉思也三部人居之名其城曰肇州汝往爲宣慰使博明

西齋偶得阿爾楚哈乃元肇州地今阿爾楚哈有廢城即肇州故城也蓋即阿勒楚喀近松花江故云素產魚蓋其時海都叛亂漠北民避兵而南者七十餘萬乞兒吉思東西分徙或在此時俄圖葉尼賽河上游有烏斯河東來入之河濱有二村鎮曰上烏薩下烏薩皆爲烏斯轉音元史謂烏斯因水爲名在謙河之北說合元史賈塔剌海傳謙謙州即古烏孫國也烏孫何時居此漢書無徵豈因烏斯而誤會歟抑烏斯之水因烏孫而得名歟元史又言撼合納在烏斯東謙河源所從出專言烏斯東則當是貝克姆河之源直多特淖爾正北三萬餘里若烏魯克姆河之源則當言東南此地名俄圖亦無考謙州沃衍宜稼閒諸俄羅斯人地利實然元史言吉利吉思遇雪則跨木馬逐獵唐書黠戛斯傳結骨東有木馬突厥三部落俗乘木馬

馳冰上以板藉足屈木支腋蹴輒百步今考元西域史得木馬之狀刳木如小舟長二三尺寬半尺底平而前後仰人著足二舟中繫繩舟首如馬有韂削木爲篙刺地蹴行冰滑勢疾用逐野羊野馬鮮得脫者以執韂故謂之木馬若論形狀當曰脚舟併色揣稱不越二名昂可刺去大都道里倍於吉利吉思又言炙羊肋熟東方已曙則已在赤道北六十度左右考俄圖昂可刺河入葉尼賽河在五十八九度中葉尼賽河西有葉尼賽斯科城圖理琛異域錄伊聶謝去北海大洋一月程夏至前後夜不甚暗不數刻東方日出卽其地矣益蘭州地無考此與謙謙州皆非州邑之州蒙古崛起沙漠未循漢制而邸長春西游記已見欠欠州其爲譯音之字而非州郡之稱審矣案魏源海國圖志元代北

方疆域上下二考其誤不可勝糾惟以吉利吉思即唐書黠戛斯國之音轉確論也

附謙河考

多特淖爾在赤道北五十一度二十六七分（即陶託泊）西北一支溢出爲烏魯克姆河猶言大謙河（此與提綱語異）淖爾東二百里有闊索果勒大湖華言庫蘇古爾南北縱三百里東西百里西出一支曰阿喇賽河通於多特淖爾淖爾東北有霍端河札喇河烏累河三河相合而匯淖爾東南有土什奇特河呼克河合入阿喇賽河以匯淖爾南有哈爾瑪河北有罕古爾蓋河皆匯淖爾淖爾東北又有小淖爾相聯綴烏魯克姆河西行烏魯河東南來入又西有三河無名北有騰吉茲河合圖魯克塔哈河來入又西南行哈爾瑪河罕薩林河自北來入布斯河合哈色勒河自

東南來入又西南行哈克姆河南出於帖里淖爾北流入之帖里即特里泊又西行轉北達得齊穆河自北來入疑即提綱之多集瑪河又西北行哈爾戛河合森戛勒河自西南來入塔爾巴哈台河亦自西南來入又西北行烏魯斯治貝河邑金河畢里貝河布連河南來注之河轉北即折西北霍布託河東匯於淖爾復出淖爾西行轉而南流注之拜科特河東北來注之北岸有數小河來注皆無名而貝克姆河自東北合諸水來會秋濤謂華克穆河北流四百里而會貝克穆河考之俄圖當云西北貝克姆河起於多特淖爾正北三百里兩源並發合而南行東來一支與合南邏哈喇布魯克淖爾俄圖與河不通行益西斜爾魯克河自東南來會轉西北行巴什河自東北來會東南東北並有小河來會無名轉而北阿薩斯河自東來會伊蘇

克東源三支中源出克得穆車泊北出那雅泊南出瑪那泊合而西南流來會庫克克姆河自南來會貝克姆河又西北哈姆薩喇河東出於圖吉淖爾而西流其北一支合克爾雷海河齊什克姆河索羅克河皆西南行而相合克爾雷海河齊什克姆河皆在正北其地爲託羅斯塔班中俄第十九界牌又合北之鄂爾雷霍爾泊水東北之哈塔爾蘇克水以入貝克姆河貝克姆之分源惟斯爲大貝克姆河又西北斜斯達克姆河合烏古特河自東北來會貝克姆河又西行土畢河自北來會其西一水無名歡果爾河自東南來會貝克姆河西南行音斯提克姆河自北來會又東合達布蘇河西合斜斯帖爾里克河而匯於烏魯克姆河案貝克姆河形曲折凡行七八百里而合於烏魯克姆河中途所入之水與秋濤案語異同處甚多可以參考至於譯音微異卽爲同矣兩河既合乃西南

流北有伊爾別克河與西一水合而注之南有圖而雅河挾數小水又挾善干河葉克列斯河合而注之圖爾雅當卽圖蘭秋濤謂盆蘭州當在圖蘭旁望文生義不可爲據烏魯克姆河又西行巴彥果勒河帖滅爾蘇克河葉列克姆河北來注之巴喇克河莫霍爾阿喇勒河巴延古勒河佳果勒河東南來注之又西北行不數十里而克姆池克河自西南來會合流處之南是爲克姆克姆池克蓋合東西河名以爲地名也克姆池克河發源唐努山之西麓秋濤云北麓未是乃唐努西峰之盡處始東流有小楚雅河大楚雅河巴爾魯克河等河與合繼北流有阿拉什河自西北挾諸水與合繼東流吉爾戛庫河自東南與合又東北流阿克河雅雷克姆河先後自西北與合札達克河合昆得爾蓋河自東南與合凡行四百餘里而東北會

烏魯克姆河自是全河北行出華界入俄界曰塔爾闊克山界牌在焉緯綫五十一度五十七分罕騰格爾河西來入之罕騰格爾河與雅雷克姆河南北二源相望皆出罕騰格爾山克姆河又東北烏斯河發源華境葉爾吉克塔爾哈克台戛山即秋濤所云塔爾噶克西南流至烏斯第二十界牌而入俄境未出境時有索斯費爾河東來注之既出境後有闊雅爾特河沙哈什河東南合而注之烏斯河西南行逕上烏薩下烏薩又西行入克姆大河凡行二百餘里秋濤所言方向里數恐誤克姆河轉向西北庫魯米斯特帖普斜里河喀則爾蘇克河先後自東來入克姆河至是寬廣是爲葉尼賽河河南河西並有數河來入轉東北又轉西北而阿巴堪河自東南喀爾雷罕嶺發源中途挾諸水最北一支曰

威巴特河行五百里而入葉尼賽

[illegible]

元史譯文證補卷二十六下

元史譯文證補卷二十七上

兵部左侍郎總理各國事務衙門行走加三級臣洪鈞撰

西域古地考一

康居奄蔡

漢書康居國王冬治樂越匿地到卑闐城去長安萬二千三百里不屬都護至越匿地馬行七日至王夏所居蕃內九千一百四里戶十二萬口六十萬勝兵十二萬人東至都護治所五千五百五十里又云其康居西北可二千里有奄蔡國控弦者十餘萬人與康居同俗臨大澤無涯蓋北海云案史記大宛傳張騫告天子謂康居在大宛西北可二千里國小南羈事月支東羈事匈奴若其冬夏所居相距九千餘里則必提封萬里而只

十二萬戶等於烏孫月氏與博望侯國小之言不合且一歲之中驅馳一萬八千餘里以避寒暑不將爲道長耶此必無之事也烏孫傳言西至康居蕃內地五千里烏孫治赤谷城在今伊犂之南康居在烏孫西北二傳相較便不能合九千里數疑有譌字或有奪文（徐松漢書西域傳補注亦疑之）何氏朔方備乘恢張漢業引近俄疆謂康居蕃內爲俄國之莫斯科舊都地而以奄蔡列俄北境以實班氏北海之說噫過矣案漢書大宛傳北與康居接大宛爲今浩罕安集延等地今之塔什干爲其極北邊界（見下）亦當爲西界魏書康國康居之後也遷徙無常不恆故地自漢以來相承不絕其王本姓溫月支人也舊居祁連山北昭武城因被匈奴所破（唐書謂爲突厥所破似誤）西踰葱嶺遂有其國枝庶分王並以昭

武爲姓示不忘本舊唐書亦謂康國卽漢康居新唐書康者一曰薩末鞬亦曰颯秣建元魏謂悉萬斤蓋卽今之撒馬爾干唐高宗永徽時以其地爲康居都督府此皆康居故土之可徵者也新唐書石或曰柘支曰柘折曰赭時漢大宛北鄙去京師九千里東北距西突厥西北波臘南二百里所抵俱戰提西南五百里康也圓千餘里右涯素葉河王姓石治柘折城故康居小王窳匿城地所謂柘支柘折赭時卽元史西北地之察赤今之塔什干（詳察赤釋地）西南至撒馬爾干道里適合此康居小王地可徵者一康南距史百五十里史或曰佉沙曰羯霜那居獨莫水南康居小王蘇薤城故地西百五十里距那色波（見那黑沙不釋地）北二百里屬米南四百里吐火羅也有鐵門山左右巉峭石色如

鐵爲關以限二國以金錮闔此卽西游記之碣石鐵門西域記亦謂羯霜那國東南山行三百餘里入鐵門兩旁石壁其色如鐵既設門扉又以鐵錮多有鐵鈴懸諸門扇因其險固遂以爲名明史渴石在撒馬兒罕西南六十里又西三百里大山屹立中有石峽行二三里出峽口有石門色如鐵番人號爲鐵門關似非眞門詢之西人昔誠有門今則無矣碣石渴石佉沙羯霜皆一音之轉此康居小王地可徵者二安者一曰布豁又曰捕喝元魏謂忸密西瀕烏滸河治阿濫謐城康居小君長罽王故地案烏滸河卽阿母河布豁捕喝正布哈爾之轉音魏書云忸密在悉萬斤西今布哈爾固在撒馬爾干西惟魏書悉萬斤去代一萬二千七百二十里忸密去代二萬二千八百二十八里

不能相合意二萬爲一萬之訛魏書阿弗太汗國早伽至國在忸密西諸色波羅國在忸密南皆云去代二萬三千餘里則二萬非訛字然魏書所言諸國道里亦不甚可憑康居五王城道里當以漢書爲準詳下此康居小王地可徵者三何或曰屈霜你迦曰貴霜匿即康居小王附墨城故地鄰國四至唐書未言西域記言自屈霜你迦國西二百餘里至喝捍國又西四百里至捕喝國則當在布哈爾之東此康居小王地可徵者四火尋或曰貨利習彌曰過利居烏滸水之陽東南六百里距戍地西南與波斯接西北抵突厥曷薩乃康居小王奧鞬城故地案貨利習彌即元史西北地之花剌子模本係地名亦爲國號至今名猶未泯也元初花剌子模之都城曰烏爾鞬赤與奧鞬音叶火尋亦當即奧鞬變音元史訛爲玉龍傑赤突厥曷薩即突厥之可薩部居裏海北烏滸

水郎阿母河古時阿母河不入鹹海自布哈爾之南轉而北行距鹹海數百里折而西南行以入裏海奧鞬城當西流處之南故曰居水之陽詳花剌子模釋地烏爾鞬赤考鹹海裏海黑海考此康居小王地可徵者五徐松漢書西域傳補注亦備引唐書惜未更以漢書道里能實徵今地東西南北四境説亦多誤考之最近者爲窳匿王治窳匿城去都護五千二百六十六里去陽關七千五百二十五里塔什干城國最東也次近者附墨王治附墨城去都護五千七百六十七里去陽關八千二十五里其近相等者蘇䪥王治蘇䪥城去都護五千七百七十六里去陽關八千二十五里以是推之唐之何國史國殆必鄰近其遠者罽王治罽城去都護六千二百九十六里去陽關八千五百五十五里布哈爾在西里數之多誠宜最遠者奧鞬王治奧

鞬城去都護六千九百六十六里去陽關八千三百五十五里去陽關里數不應反少於鬬城恐誤此在五王中極西北境以今地圖方位考之大段不爽至欲規規里數求其吻合病未能也然則康居全境起今伊犂以西歷大宛月氏安息北界而西訖於裏海其北境不可知大約及於鹹海綜厥土宇橫亙西陲不待附以北荒已非褊小晉書康居在大宛西北可二千里與粟弋伊列鄰接粟弋即粟特見下伊列見陳湯傳在烏孫北蓋即今伊犂其王治蘇薤城地和暖饒桐柳蒲陶多牛羊出好馬泰始中其王那鼻遣使上封事獻善馬曰治蘇薤城當是昭武之分王非康居之統主蘇薤在大宛西不及二千里晉書但引用史記而不知與己說剌謬也通考引漢書康居傳與大月氏同俗下又引地和暖饒桐柳蒲萄多牛羊出好馬徐松西域傳補注因疑漢書有奪文今案此出晉書非漢書漢書之紀奄

蔡全本史記大宛傳中張騫語騫身所至者大宛月氏大夏康居而傳聞其旁大國五六蓋北海云明是揣度傳言疑而不斷案後漢書奄蔡改名阿蘭聊國居地城屬康居土氣溫和多楨松白草民俗衣服與康居同裴松之注三國志引魚豢魏略奄蔡國一名阿蘭西與大秦東與康居接故時羈屬康居今不屬也後魏書粟特國在葱嶺之西古之奄蔡一名溫那沙居於大澤杜佑通典奄蔡漢時通焉西接大秦東南二千里與康居接去陽關八千餘里控弦十餘萬土氣溫和臨大澤無涯岸多楨松白草及貂畜牧逐水草蓋近北海至後漢改名阿蘭聊國後魏時曰粟特周保定四年來貢方物今以地望道里徵之自康居西境貨利習彌之地西北行出裏海北濱再西行二千里乃

臨黑海所謂大澤蓋黑海也漢時黑海爲羅馬東鄙故云西接大秦若俄莫斯科舊都與羅馬版章渺不相屬何論更北隋書鐵勒傳拂菻東則有恩屈阿蘭北褥九離伏嗢昏等拂菻卽東羅馬其都城臨地中海峽在黑海西而黑海南境悉入版圖故云阿蘭在拂菻東更以西書徵之戰國時裏海黑海之北粟特族居之後有耶仄亦族（仄亦合音併讀）自東方來服屬於粟特居裏海西高喀斯山北傳國多歷年所後稱阿蘭亦曰阿蘭尼又稱阿思亦曰阿蘭阿思（見下附考）今考耶仄亦爲奄蔡轉音阿蘭尼爲阿蘭聊轉音阿思爲阿速轉音阿蘭阿思則見元史西北地附錄然則漢奄蔡卽元阿速明史阿速城背山面川川南流入海大澤之卽黑海復奚疑焉魏書謂粟特去代一萬六千里又云粟

特商人多詣涼土販貨則非甚遠可知朔方備乘謂當是三萬六千里攷古史以伸已說未爲是也通典謂奄蔡土氣溫和又曰粟弋後魏通焉一名粟特出名馬牛羊珍果葡萄酒其土地水美故也大禾高丈餘子如胡豆附庸小國四百餘城魏太武帝時遣使朝貢史記正義引括地志曰奄蔡酒國也黑海之濱氣候暄和故能廣植葡萄多釀美醞若北海之濱雪窖冰天漢魏之時窮荒未闢安得有酒國於此按黑海之境葡萄味美甲於天下鈞在俄都實親嘗之俄通國之酒皆此處所出洵酒國也後漢書嚴國在奄蔡北屬康居出鼠皮以輸之若奄蔡已臨北海則此國將在海外後書無北海一語蓋已知張騫此說不可爲憑瀛環志略謂此大澤卽鹹海一修張之一狹小之楚則失矣齊亦未爲得也耶律鑄雙溪醉隱集行

帳八珍詩駝跡羮注康居南鄙伊麗迆西沙磧斥鹵地往往産野駝麆沆注麆沆馬挏也麆沆奄蔡語也國朝因之又注奄蔡兩漢西域傳無音大宛傳宛王昧蔡師古曰蔡千葛切書二百里蔡毛晃韻蔡桑葛切廣韻亦然奄蔡蔡千葛切爲是今有其種卒皆從事挏馬據此則康居奄蔡元人猶知其故地奄蔡不見元史葢即阿速也

魏書以粟特卽奄蔡後漢書分粟弋奄蔡爲二曰粟弋國屬康居出名馬牛羊葡萄衆果其水土美故葡萄酒特有名通典以粟弋卽粟特而亦與奄蔡分爲二國且曰粟弋附庸小國四百餘城似非一國元史類編西域傳引十三州志云奄蔡粟特各有君長而魏收以爲一國誤矣漢書陳湯傳郅支單于遣使責

闔蘇大宛諸國歲遺師古曰胡廣云康居北可一千里有國名奄蔡一名闔蘇然則闔蘇即奄蔡也史記正義引漢書解詁曰奄蔡即闔蘇也名稱互歧諸說不一折衷考異爰采西書當商周時古希臘國人已至黑海古希臘文稱彭特亥斯譯義即爲黑海行舟互市築室建城周定王時黑海北濱有希臘城名奥略威最著稱秦漢之時羅馬繼之故亞細亞洲西境部族播遷於歐羅巴洲者惟希臘羅馬古史具載梗概今譯其書謂裏海以西黑海以北先有辛卑爾族居之距今二千六百餘年蓋東方種類城郭而兼游牧者黑海北境有辛卑爾古城黑海峽口初名辛卑爾峽今俄人名烏拉嶺一帶曰西悉畢爾殆由於此中國漢後鮮卑部名尚係後見厥後有粟特族越裏海北濱自東而西奪辛卑爾地辛卑爾人四散大半竄於今之德法丹日等地有衆入羅馬爲羅馬擊殺無遺東漢時有郭特族

人亦自東來其王曰亥耳曼粟特族人敗潰不復振晉時匈奴西徙（西書音如昏尼為匈奴之變音）其王曰阿提拉用兵如神所向無敵亥耳曼自殺（據云時正百歲）其子威尼達爾率郭特人西竄召集流亡別立基業阿提拉復引而西戰勝攻取威震歐洲羅馬亦憚之立國於今馬加之地希臘羅馬郭特之人多為其所撫用與西國使命往來壇坫稱盛有詩詞歌詠皆古時匈奴文字（羅馬有通匈奴文者匈奴亦有通臘丁文者惜後世無傳焉）羅馬史稱阿提拉仁民愛物信賞必罰在軍中與士卒同甘苦子女玉帛一不自私鄰國貢物分頒其下筵宴使臣以金器皿而自奉儉約樽籩以木將士被服飾金而已則惟衣皮革是以遐邇咸服人樂為用宋文帝元嘉二十八年（西歷四百五十一年）阿提拉西侵佛郎克部（即今法國時為羅馬屬地）羅馬大將峩都

思率郭特佛郎克等衆禦之戰於沙隆之野在今巴黎東四百里兩軍死者五十萬人阿提拉敗歸南侵羅馬毁數城而去尋卒諸子爭立國内亂遂爲羅馬所滅瀛環志略謂東漢順帝時匈奴犯羅馬羅馬王安敦窮追至北海犂其庭幕伏尸百萬聞諸西人羅馬是時並無其事不知志略何由致訛今譯羅馬書乃知必是沙隆之戰阿提拉國之滅特年代不合而追至北海之説則全無影響也當郭特之未侵粟特也有部落曰耶仄亦居裏海西高喀斯山北亦東來族類而屬於粟特厥後郭特匈奴相繼攘逐獨耶仄亦部河山四塞恃險久存後稱阿蘭亦曰阿蘭尼又曰阿思亦曰阿蘭阿思皆見東羅馬書今案耶仄亦即漢奄蔡元阿速昔時俄羅斯人稱阿速曰耶細爲耶仄亦變音阿速於明後始爲俄羅斯所併享國之久可謂罕見奄蔡一國粟特一國一爲大部一爲附庸後漢書通典十三州志説合其

曰粟弋者僅一粟字嫌切音未足因增弋字當作粟弋特而删特字也其曰闔蘇者闔字爲啟口時語助之音西方文字往往而有戰國時希臘人海洛檀特之書其言粟特音如闔蘇特故知是也郭特之名華書無徵魏書粟特傳匈奴殺其王而有其國傳至王忽倪已三世稽其時序似即郭特王亥耳曼自戕之事而不合者多難於論定郭特西徙因其故王之名遂有日耳曼之稱臘丁文作日耳馬尼法稱阿耳馬尼俄稱該耳曼於原音爲近羅馬撫用其衆資其勇力既滅匈奴而羅馬亦爲郭特所滅（志略作戕我特）今德意志列邦皆郭特之後故亦稱日耳曼泰西諸國青目赤髮之人大率爲其苗裔（西人云郭特西徙分爲二部西部赴瑞典日斯巴尼牙等地東部則羅馬收撫之）瀛環志略云西土以日耳曼爲貴種佛郎西英

吉利立國之祖皆日耳曼人諸國每遭喪亂輒招致日耳曼列侯或世子爲王大國如英吉利小國如希臘是也今德人固自承郭特之後來自東方法人則不承郭特豈以兵衅有意見存乎其間歟復聞諸德人德意志爲土語之解得名已久昔時日耳曼人別有方言因卽以爲國號非始自今也然則歐洲種族溯源鼻祖大率震方竊笑近世諸儒强以烏孫加諸俄羅斯而彼堅不承在中土則惟元人王惲一言在西土則諸國載籍皆無可據豈知俄羅斯而外固有自東來者而亦爲彼所自承者耶嘗遇俄人久居北京職華文者詢以烏孫之說彼曰顏師古謂青眼赤鬚狀類獼猴此或是今之德人爲烏孫一族若我俄人自是司拉弗哀之族竝不如是始訝其言儗不於倫迨考西事久之乃悟俄人之語由郭特來也

元史譯文證補卷二十七上終

廣雅書局栞

元史譯文證補卷二十七上終

元史譯文證補卷二十七中

兵部左侍郎總理各國事務衙門行走加三級臣洪鈞撰

西域古地考二

安息

瀛環志略曰東漢和帝永元九年西域都護班超遣掾甘英往通大秦抵條支臨海欲渡安息西界船人告以海水廣大往來須齎三歲糧英疑憚而止大秦屢欲遣使於漢爲安息遮遏不得通考泰西八地圖安息卽今之波斯條支卽今之阿剌伯東漢時大秦正當全盛未分東西其國都在意大里之羅馬東境至西里亞猶太與安息接壤若由安息往大秦渡嬀水入安息境約三千餘里卽已入大秦東境何止三千餘里再西北行約三千餘

里渡海峽歷希臘之北境約二千里至意大里之東北境又西南行千餘里卽至大秦都城計陸路萬里而近（道里皆未確考）自西里亞以西皆大秦地漢書所云從安息陸路繞海北行出海西至大秦人庶連屬十里一亭三十里一置從無盜賊寇警者的確不誣又云道多猛虎獅子遮害行旅不百餘人齎兵器輒爲所食按西里亞以西皆大秦名都大邑四達通衢安得有猛獸遮害行旅葢安息貪繒綵交市之利必不欲大秦之通漢故爲此誕說以阻漢使之西行所謂遮遏不得通者此也若由條支從海道往則阿非利加之大浪山一路自明以前未通舟楫歐羅巴東來海道率取道於地中海紅海條支都城在麥加乃紅海北岸而其東境又臨阿勒富海甘英所臨之海未知其爲阿勒

富海抑即紅海若爲阿勒富海則須繞條支三面之海計水程六七千里至紅海之尾而海盡行陸路一百七十里至地中海之東南隅再登舟西駛約六千餘里而抵大秦都城計水程約一萬三千餘里若所臨條支都城之紅海則西北駛千餘里已至紅海之尾計水程不足萬里中間隔陸路一百七十里不能一帆直達然舍此別無道路計其水程速則四五十日遲亦不過兩三月半載儘可往返何至須齎三歲糧蓋安息總不欲大秦之通漢故使西界船人設此詞以難之甘英憚於浮海遂中止耳案徐中丞以條支即今之阿剌比別有考其云安息即波斯漢書有安息無波斯魏書有安息有波斯唐書有波斯無安息魏書安息國在葱嶺西都蔚搜城北與康居西與波斯相

接去代二萬一千五百里波斯國都宿利城在怛密西古條支國也去代二萬四千二百二十八里詳述里至明是兩國西書無安息國名志略譯自西人不應有此臆說考西書之紀波斯始於中國成周中葉君其地者爲柯勒施朝志略之居魯士大流士皆柯勒施朝人也周顯王時希臘王阿來三得志略作亞勒散得敗波斯攘其地顯王三十三年阿來三得滅柯勒施朝撫有波斯十年而卒諸將裂土自王互攻奪嗣爲其將賽魯克斯所併爲賽魯克斯朝時在周赧王初年後數十年波斯東北境帕而特國起其王自謂波斯族裔曰阿而薩克秦王政十八年爲帕而特建國始年謂之阿薩朝亦曰阿息聞波斯使臣云古時希臘人稱爲阿息居裏海東南臨阿母河傳國七世益强大拓地至裏海西南抵於

波斯海灣與羅馬東界爲鄰漢獻帝初平年間遂滅賽魯克斯後建安五年波斯故王之裔薩山復自立國爲薩山朝時帕而特國與羅馬構兵垂百年晉時羅馬敗之薩山朝乘其敝恢復波斯故壤晉武帝時帕而特國亡波斯薩山朝至唐時爲阿剌比人所滅其王卑路斯逃入中國唐書所載相符案阿薩阿息皆與安息音類阿薩都城先曰帕而杜瓦爲帕而特國號所本他國人稱之曰帕而討尼薩前漢書安息治番兜城蘇林注番音盤番兜卽帕而杜瓦帕而特之轉音繼西徙都城曰喝克湯白洛斯上三字義爲百下三字義爲門後漢書安息居和櫝城和櫝卽喝克湯之轉音兩城已隳圮無存漢書烏弋山離北與撲桃接烏弋山離東漢時改名排持卽今俾路芝安息正當其北撲桃亦帕而特等稱

之異譯阿毋河即嬀水所謂臨嬀水商賈車船行旁國者是也安息之即阿薩殆無疑義志略以安息當波斯論乎疆域誠非異地然與魏書不合且漢末波斯仍自立國西晉時帕而特爲波斯所滅則不得以安息爲波斯也明矣西書繪帕而特錢圖面男像背女像與漢書鑄銀爲錢文獨爲王面幕爲夫人面語合其地多產良馬故漢使至界以二萬騎往迎後書其東界木鹿城號曰小安息去洛陽二萬里此即元史之馬魯爲西域衝途大郡新唐書大食傳呼羅珊木鹿人亦即此木鹿帕而特新舊都城皆在木鹿之西中西古籍互證以明惟西書云晉武帝時帕而特國亡而魏書太延年間安息尚存疑其紀年有誤然西書又載帕而特亡後仍有一小國在裏海南山中阿剌比人

先滅波斯乃滅此國是亦魏書之一證甘英所臨之海必非紅海而爲阿勒富海亦名波斯海灣由此登舟繞阿剌比三面以入紅海之尾紅海地中海之閒陸路百七十里古時蘇彜士河未開但有溪河可通小舟以入地中海而不能容巨舶紅海之中水程最滯無風逆風皆不得行往返程期或二三載安息人所謂海水廣大往來者逢善風三月可得度若遇遲風亦有二歲者故入海人皆齎三歲糧乃係實情並非誑語裴松之注三國志引魏略云大秦國在安息條支西大海之西從安息界安谷城乘船直截海西遇風利二月到風遲或一歲無風或三歲語極詳明可爲安息船人左證至云海中善使人思土戀慕數有死亡夫長年涉風濤起居失調旅況淒寂憂能損人理有固

然非危詞恐喝也古時羅馬所屬之西里亞迆東帕而特所屬之美索卜塔尼亞等地皆有獅子遮害行旅非結隊持械不敢行載在羅馬猶太古書匪爲誕説特往來商侶無歲無之俟伴偕行何難刻期而至一經沮抑便憚遄征遂致華夏輶車既徂西而忽輟犂鞬名國欲通漢而無由誠憾事也已

條支

徐中丞瀛環志略謂漢安息即今波斯條支卽今阿剌比番禺李吏部光廷漢西域圖考則謂條支國城在今俄羅斯國極南之檮里達部地黑海之所環也後書云城在山上周四十里臨西海海水曲環其南及東北三面路絶惟西北一隅通陸路考之西人所繪俄羅斯圖確在此地其云轉北而東又馬行六十

日至安息蓋其國當時兼得俄羅斯高加索五部地東界裏海而南通安息甘英之使大秦臨海欲渡蓋即臨黑海之東岸而由安息以抵條支故安息人得阻之也漢時大秦國都在意大里亞之羅馬拓土而與安息鄰經其國行程及萬里故由海往徐氏以天方當之不知海水之環指城而言天方闢境數千何止四十且西北所通亦非一隅其臨海句多解不去良由未審地形耳案黑海北境古屬希臘通舟楫利商賈名其地曰撒吉刺（詳釋地）後爲羅馬所幷希臘國史確然可徵固無條支之名亦非安息波斯所轄成周中葉波斯極盛之時西界至地中海北界至高喀斯山皆在黑海南而未有其北漢時安息繼興西界未至黑海（安息爲阿息之轉音詳安息考）黑海中片壤古時通陸之路極狹常

沒水中厥後沙土繼長增高近經西人闢治遂成衢路車馬暢行逷稽漢時必非立國建都之所且須向北轉東復轉南再轉東乃達安息程途方向亦未盡符後漢書言安息南與烏弋山離接又於德若國下言自皮山西南經烏秅涉懸度歷罽賓六十餘日行至烏弋山離地方數千里時改名排持此卽今之俾路芝地望固合復據西人云俾路芝之名甚古則必是也復西南馬行百餘日至條支若條支在黑海北濱當云西北行不能西南行說亦不符自來志西域者肇於漢書詳於魏書魏書曰波斯都宿利城在忸密西忸密見康居奄蔡考古條支國也城方十里河經其城中南流杜佑通典亦云波斯卽條支故地則必知波斯故都之所在乃可得條支之所在波斯全境多山多沙漠無南流大河惟西境體格力斯河哀甫

拉特河並發源西北導流東南源遠流長匯合而入波斯海灣西書紀周赧王時希臘王阿來三得之將塞魯克斯據有波斯其後建城於體格力斯河西名之曰塞魯齊亞遂爲都城或云漢初始建河東舊有城曰特昔芬於是國都有東西二城近時西人考後漢書自安息西行三千四百里至阿蠻從阿蠻西行三千六百里至斯賓國斯賓即昔芬之轉音從斯賓南行度河必是體格力斯河或哀苗拉特河漢書所云里數合於古羅馬千步爲一里之數皆可徵實東漢末波斯故王後裔薩山恢復舊業亦都於此唐時阿剌比人西來城始被毁肅宗寶應元年天方教主阿蒲札非爾於故城西北建八格達城即西使記之報達其後還都於此亦跨河爲東西二城復於故城之地建離宮博考西書漢後波斯都城在體格力斯河殆無疑義跨河爲東西城故魏書謂河經城中南流唐書亦謂波斯王居東西二

城魏書言宿利城後周書言蘇利隋書言蘇藺似皆塞魯之異（譯新唐書既列波斯傳復於康國下云狠揭羅西北即波剌斯傳言廣萬里王治蘇剌薩儻那城似是兩國案波斯本應作波爾斯蘇剌亦即蘇利蘇藺之異譯薩儻那三字當是彼處方言謂城唐書下云謝颶北有弗栗恃薩儻那可以比例）裒甫拉特河迆西波斯海灣西岸皆與阿剌比接壤西書又載古時阿剌比人東至體格力斯裒甫拉特兩河之閒聚族而居爲附庸小國波斯等地稱阿剌比人曰塔赤克塔赤正與條支音叶又有大抑大希之稱爲唐書大食所本（今西人多稱波斯爲塔齊克族類而不知由於阿剌比也）據是以考體格力斯河古爲塔赤克人居地其後乃被攘逐漢時此河上游當已無此種人而下游近海之處或尚爲其部地故漢書謂抵條支臨海欲渡（聞波斯使臣云兩河下游西境今尚有古之阿剌比人不率教化類乎野番經其境者納賂乃免）今體格力斯裒甫拉特兩河閒地統名

之曰義拉克阿剌伯由古時阿剌比人居此故蒙是稱合中西書籍以互證二千年之疑案可明近世西人考輿地者謂哀甫拉特河西古有大湖亦流入波斯海灣巨泊迴環與漢書所云海水曲環其南及東北三面路絶惟西北一隅通陸之形相合或者漢時條支故城在此今沙磧壅塞滄海桑田而沮洳遺跡地猶可考是說也亦足爲漢書條支城之一證徐中丞謂條支即阿剌比未可厚非其說特於族類之遷移名稱之緜起考之猶未盡耳

拂菻

拂菻之名唐時始見舊唐書云拂菻國一名大秦在西海之上元史愛薛西域苐菻人是元時猶有此稱漢大秦爲古之羅馬

今之義大利劉宋時哥特族人滅羅馬瀛環志略作峩特今德意志合衆國皆哥特種人也東晉時羅馬分王居黑海西今土耳其都城之地轄治東境別之曰東羅馬羅馬國亡而東羅馬獨存明時始爲土耳其所滅其都城名康思灘丁諾潑里斯康思灘丁王名蓋始建城者潑里斯猶言城諾爲連屬字猶華文之字今亦省文稱諾潑爾東羅馬本國之書則稱康思灘丁諾潑凝其地土人省文惟稱潑凝急讀之音如潑菻阿剌比人稱之爲拂菻本屬城名假爲國號唐時阿剌比人滅波斯侵印度環葱嶺地悉歸役屬方言流播遂入中華此唐書拂菻所由來也瀛環志略以西里亞之耶路撒冷當唐書之拂菻係誤其地爲古猶太國雖曾併於羅馬然未建國於此且撒冷之訛爲拂菻亦出臆度初無徵考舊唐書云拂菻東南與波斯接新唐書拂菻古大

秦也居西海上一曰海西國去京師四萬里在苫西北直突厥可薩部西東南接波斯東羅馬國都在地中海東濱故曰居西海上其屬境之通波斯者在地中海東黑海南南之西濱地中海南之中入西里亞南之東接阿剌比其東南則達波斯故曰與波斯接其地古稱富庶後漢書所謂從安息陸路繞海北行西至大秦人庶連屬十里一亭三十里一置從無盜賊寇警其地似之宋神宗元豐三年東方之天方教國塞而柱克朝人來據之遂不屬東羅馬而仍羅馬之名稱曰羅姆羅馬馬字音本不叶姆字不讀作母讀母字而出以鼻音乃合吳下俗音有此元兵西伐役為外藩見西域補傳下元史之愛薛或即其產故謂為茀林人明初土耳其國肇興地為所奪屢經兵燹土曠人稀闤市蕭條非復曩日矣

突厥回紇

匈奴之後突厥最盛突厥既滅回紇乃興今日者玉關以西天山南北悉爲回部（高宗御批通鑑唐書稱回鶻之先本匈奴則似與今蒙古相類至遼史始有回回之名與回鶻並列而元史則回回回鶻彼此互稱紇轉爲鶻鶻又轉回音有緩急故傳譯不同亦猶畏羅之當爲衛拉特乃蠻之當爲奈曼也特詳辨之以釋諸史之舛互云）無所謂突厥也而突厥之稱乃獨流傳於西土曰突而克亟讀之即突厥曰突克蠻猶言突厥同類今法人稱土而其國音如突而克（二字合音）稱其人類曰突而克英人稱其國曰突而克以（二字合音）皆爲突厥轉音土耳其亦突厥一類人也始聞是說疑其不確徐而思之蓋自有故北史謂突厥爲匈奴之別種唐書謂回紇爲匈奴之後裔回紇在後魏時號鐵勒部落依託高車臣屬突厥自突厥有國東西征討皆資其用

隋大業閒始叛突厥後稱回紇是回紇亦突厥中一種耳唐開元時回紇始盛然惟十一部落西至葛邏祿而止度其斥境不越金山以視突厥盛時西破嚈噠東走契丹北幷契骨威服塞外諸國其地東自遼海以西至西海萬里南自沙漠以北至北海五六千里見舊唐書大小廣狹迥乎不侔突厥極西之部爲可薩部亦曰曷薩西國古籍載此部名曰哈薩克卽曷薩轉音亦曰喀薩克卽可薩轉音裏海黑海之北皆其種落屯集中國唐時又有他族東來哈薩克地漸爲所攘引而益西宋時兩海之北奇卜察克號爲大部而哈薩克族類渙散湮沒不復可考又東羅馬古書載與突厥通使東羅馬卽唐書之拂菻國也種落繁多幅幀遼闊匈奴而後實惟突厥而散居西土亦惟突厥舊部

爲多開成年回紇爲黠戛斯殘破其相馺職擁外甥龐特勒等一十五部西奔葛邏祿一支投吐蕃一支投安西其近可汗牙十三部南來附唐會昌中三萬衆降於幽州三部降於振武而烏介可汗部衆十萬大中年間漂流凍餓祇存三千其後復爲黠戛斯掠歸塞北安西龐特勒居於甘州無復昔時之盛宋之高昌元之畏吾兒爲回紇裔後分國唐書敘回紇部落起訖分明其盛也威令未行於鹹海裏海之間其衰也播遷未越於葱嶺金山以外而突厥傳則言頡利之敗也其部落或走西域咄陸可汗之敗也西走吐火羅泰西載籍俱言突厥西來而不言回紇西徙稽之華史歷歷可徵今中國人於葱嶺西北西南諸部統稱之曰回國誠不敢謂已是而人非也嘗遇土耳其駐俄

使臣詢其來歷彼自謂是突而屈讀之郎突厥史書譯音甚合今本國猶藏古書謂有三千人入中國爲兵餘衆輾轉西徙後値賽而朱吉特建國見西域補傳授地以居遂入謨罕默德敎迨蒙古西來避而之黑海南境亦見西域傳注中其西徙之時在千載前蓋唐代也然則土耳其實是突而屈或稱突而克皆西人變音突克蠻之語則出於阿剌比人土耳其使臣復謂本國古語與蒙古相類者甚多因此而考回紇稱謂亦多本於突厥可汗可敦特勒之名固無論矣突厥別部將兵者皆謂之設默啜可汗立其子弟爲左廂察右廂察毗伽可汗本蕃號爲小殺而回紇亦有左殺右殺分管諸部曰設曰察曰殺皆譯音之異今波斯王稱沙猶是突厥遺稱骨咄祿可汗及葉護之稱達干之名回紇並同突厥以

突厥統之誠不爲過度其言語或亦多同至於突厥文字不復可考回紇文字至今猶存所謂托忒字體是也與西里亞文字相仿故泰西人謂唐時天主教人自西里亞東來傳教唐人稱爲景教陝西之景教碑碑旁字兩行卽西里亞字此其確證回紇之有文字實由天主教人授以西里亞文字之故此一說也回紇人自元以後大率盡入天方教而天方文字本於西里亞故信教之回人謂蒙古文出於回紇回紇文出於天方以歸功於謨罕默德此又一說也（咸豐二年長沙府人藍煦著天方正學一書卽持此論）各私其教傅會所由皆屬妄說竊疑回紇文字亦本突厥特無左證以折異議六合之外存而不論惜哉古人此言爲誤不淺也

元史譯文證補卷二十七中終

廣雅書局栞

元史譯文證補卷二十七中終

元史譯文證補卷二十七下

兵部左侍郎總理各國事務衙門行走加三級臣洪鈞撰

西域古地考三

蒙古

元帝起於蒙古部族而元祕史十卷始終無蒙古部名惟云忙豁勒譯文解爲達達家忠宣公松漠紀聞云盲骨子契丹事迹謂之朦古國卽唐書所紀之蒙兀部案舊唐書室韋契丹之别類也其北大山之北有大室韋傍望建河源出突厥東北界俱輪泊屈曲東流經西室韋界又東經大室韋界又東經蒙兀室韋之北落俎室韋之南又東流與那河忽汗河合又東經南黑水靺鞨之北北黑水靺鞨之南東流注于海地理志回鶻有延

姪伽水一曰特延勒泊泊東北千餘里有俱輪泊泊之四面皆室韋所謂北大山必是大興安嶺俱輪泊當即呼倫淖爾爲黑龍江南源水道提綱稱呼倫淖爾曰枯輪泊此外湖泊更無同音又以唐時回鶻地望證之故知是也據此以考元之先世在黑龍江南即所謂望建河唐後西南徙克魯倫河斡難河松漠紀聞又云盲骨子其人長七尺捕生麋鹿食之金人嘗獲數輩至燕其目能視數十里秋毫皆見蓋不食煙火故眼明與金人隔一江常渡江之南爲寇禦之則返無如之何所謂隔江當即克魯倫河蒙兀新唐書作蒙瓦尤與忙豁音類蒙兀忙豁二音一斂一縱祕史於忙豁字旁皆注中字明宜斂音口中不宜縱音口外忙豁斂音即蒙兀矣元時西域人拉施特而哀丁奉敕

修史亦稱蒙兀勒不稱蒙古勒祕史勒字旁書明宜輕讀審音極是蒙古源流作蒙古勒拉施特而哀丁謂讀蒙字宜略重略頓然後亟讀兀勒二字可謂考核詳盡祕史忙豁勒讀法當亦如是謂蒙兀人自言部族得名由來已久與松漠紀聞之說不謀而合至今波斯人仍稱蒙古爲蒙兀兒明時波斯書稱天山以北地曰蒙兀里斯單本是以斯單兒以合音爲里嘗面詢波斯使臣詳審語音實非古字瀛環志略云明嘉靖閒撒馬兒罕別部莫臥爾攻取中印度立國勢張甚謂莫臥爾卽蒙古實卽蒙兀兒萃中外之見聞以相印證其爲蒙兀而不當作蒙古明甚自契丹國志有正北至蒙古里國之文嗣後邱長春西游記孟珙蒙達備錄皆以蒙古定稱遼史無蒙古而有梅古悉疑卽孟珙之所謂蒙古斯或以蒙古人謂銀亦曰蒙古因疑達達抗金故以銀爲國號揣測傅會似

是而實非博明西齋偶得以爲蒙古之稱在金之先此說近似二說皆見張穆蒙古游牧記元西域史解蒙兀義爲孱弱亦爲魯鈍以刀鈍比例此必是元人所自言非拉施特而哀丁所能臆造易曰物生必蒙朔漠部名乃有合於華文訓義斯又史學家所樂爲稱引者矣元人稱西夏曰唐兀惕屢見祕史今改爲唐古特是亦兀變爲古之一證

馬札兒即控噶爾

元史速不台傳拔都諸王五道並進馬札兒部元祕史蒙古文康鄰等十一部有馬札兒案馬札兒即今之馬加其國今併入奧故中國公牘稱奧曰奧斯馬加而泰西諸國仍其舊稱曰鴻噶爾土人自稱仍曰馬加徐中丞瀛環志略作匈牙利乾隆年

聞椿園氏著新疆外藩紀略今人稱此書曰西域聞見錄鈔有其書係乾隆時舊本但云新疆外藩紀略又但云椿園氏著朔方備乘謂七十一所著乃誤以其年爲其名謂俄羅斯西北鄰控噶爾俄本控噶爾屬國稱臣納貢由來已久又曰控噶爾爲西北方回子最大之國建都之城名務魯木極廣大南北經過馬行九十餘日東西亦然城門二千四百城内大江三山河藪澤不可勝計宮室綿亙數十百里皆以金玉珠貝爲飾地產金銀多於石子魏氏源謂此皆誤聽土爾扈特妄誕之談有同西遊演義小說何氏秋濤亦謂椿園氏所述控噶爾事多係傳聞之譌俞氏正燮松文清筠皆嘗辨之然控噶爾之說實不始於椿園氏圖理琛異域錄謂俄羅斯汗與西費耶斯科國王戰勝西費耶王逃往圖里耶斯科國王拱喀爾汗所屬鄂車科付之小城又

俄官噶噶林云我觀天下諸國沙障汗空科爾汗空科爾卽控噶爾又云曩時俄國曾與圖里耶斯科國王控噶爾汗搆兵取其阿藻城趙氏翼簷曝雜記亦謂兆將軍西征時聞西北有龔國者其城周五百里皆銅鑄成龔卽控字之音兆惠西征在土爾扈特歸誠之前故知語雖無稽而傳述已久非始於椿園氏也魏氏謂圖里雅卽普里社控噶爾是汗名非國名徐中丞謂百年以來歐羅巴諸國與俄羅斯搆兵者惟土耳其與俄連兵前後近百年椿園氏所云交兵事其爲土耳其無疑土耳其都城名君士但丁一作康思坦胎諾格爾噶爾卽格爾上五字之訛爲控或由於轉音省文舊本羅馬東都後來猶冒羅馬之名控噶爾都城名務魯木卽羅馬之轉音也或云控噶爾乃圖里

雅國王之名曾與俄羅斯爭地相戰土爾扈特酋烏巴錫傳述此事誤以汗名爲國名今考泰西人紀載圖里雅即普魯士國勢遠遜於俄乾隆年間並無與俄交兵之事姚氏瑩記俄羅斯方域亦謂控噶爾即普魯社何氏秋濤則謂徐中丞以控噶爾爲土爾其都城之名説與默深異當以徐爲是然仍以圖里雅爲普魯士則非也圖里雅即土耳其其譯語偶異爾案諸儒聚訟已久而折衷定論自惟徐氏何氏其誤以圖里雅爲普里社則椿園氏俄西北鄰一語誤之其以康思但丁諾格爾爲控噶爾則以意附會未可憑也今内府輿圖俄羅斯西南黑海通地中海之峽内有紅噶爾國廣東通志作紅孩兒是皆以土耳其爲鴻噶爾聞諸俄人謂中國呼土耳其爲鴻噶爾不審何由又聞

諸土耳其國使臣謂彼國從無鴻噶爾之稱惟百數十年前奥國之鴻噶爾屬國曾入彼國版圖嘗考英吉利國兼幷印度後崇上女主尊號曰英吉利君主兼印度后帝布魯斯國本日耳曼合衆國中之一自戰勝奥國合衆國推戴稱尊號曰布魯斯君主兼德意志合衆國皇帝以此例推則異域錄所云圖里雅國王拱喀爾汗王汗兼稱蓋以其兼轄鴻噶爾之地也西人紀載土耳其之侵割鴻噶爾始於一千五百十二年至一千五百六十六年爲中國明武宗正德七年至世宗嘉靖四十五年復自一千五百六十七年至一千六百九十九年爲康熙三十九年此一百三十三年中亦曾侵割而屢得屢失其後尙用兵於鴻噶爾圖理琛之奉使在康熙五十一年是時土耳其國勢尙

強馬加或歸管屬控噶爾汗之稱沿而未改理當然也魏氏海國圖志引職方外紀所言翁牙里附於土耳其國之後謂翁牙里今并入都魯機蓋亦襲舊聞而不知翁牙里即鴻噶爾亦即控噶爾圖志又於奥地里亞國之下繫以寒牙里何牙利翁給里亞又曰雲音有異名無異地也俄史載比德王第一奪土耳其之阿索甫城土興兵伐俄比德王輕敵孤軍深入爲土軍所困出賂行成解圍返地乃得還是爲康熙五十年事阿藻城即阿索甫城噶噶林所言諱敗爲勝未足爲據而圖里雅國王控噶爾汗之稱則實出諸其口證以西例渙然無疑奥王之稱曰奥斯大里亞皇帝兼馬加君主是亦圖里雅國王控噶爾汗之一證至土耳其都城本羅馬東都建於地中海濱三面環海一

面通陸形勢輩固金城湯池實不是過松文清綏服紀略詩注謂相傳空喀爾國最大以銅爲城東西門相距若干路程詢諸英國使臣瑪噶爾呢乃知空喀爾本居海島恃水似有銅城之固說固是已然謂其居於海島猶爲未盡事實瀛環志略又謂奧地利之匈牙利地在國之東界古時匈奴有別部轉徙至此攻獲那盧彌地於趙宋咸平年間立國稱雄一時久而寖衰今案西書當晉簡文帝時匈奴王阿提拉自黑海北轉徙至此立國於其地撫有哥特族人（志略作峩特郎今日耳曼族類）與羅馬戰鬭境甚廣今義大利之北境德意志之南境盡入版圖旣而事敗哥特人亦叛之復爲羅馬所伐宋武帝永初年後寖就衰滅趙宋初馬加入自東而西循北海之南而至復立爲國鴻噶爾之稱鴻郎

匈字變音馬加立國匈奴已久滅而仍曰鴻噶爾者沿舊稱也志略之言考之未盡近世西人或疑鴻噶爾即匈奴雖見於東羅馬書未可爲據案俞正燮俄羅斯長編稿跋引佛書言此閻浮提内有三大國以崑崙爲中崑崙東及東南東北者中國爲一大國崑崙南及西南者天竺爲一大國崑崙北及西北者洪豁爾爲一大國俞氏所謂佛書不知何名以意揣之當非漢晉以後之書崑崙之北從無洪豁爾之國名蓋即匈奴即鴻噶爾也是可以援釋氏之言以廣西人之意張穆蒙古游牧記乾隆四十年定塔爾巴哈台之東霍博克薩里爲舊土爾扈特部北路以策伯克多爾濟領之授盟長注云初策伯克多爾濟來歸獻金削刀及色爾克斯馬色爾克斯者洪豁爾屬部也是亦以

土耳其爲洪豁爾與佛書音合色爾克斯卽元史之撒耳柯思詳芮北地附錄釋地鄰近土耳其故爲所屬馬加人髮睛皆黑自言是東方部族其語言頗有與蒙古同者如稱勇士爲把阿秃兒之類鈞奉使至奥謁奥君於馬加惜乎匆匆卽行不及詳考風俗

烏爾鞬赤

烏爾鞬赤西域都城名元史之玉龍傑赤由此致訛遂有疑卽玉龍哈什爲今和闐屬城者因此而疑太祖西域之師爲征西遼之乃蠻酋者元史疏略音譯差池釋地無由所以誤也一統志塔什罕西南行數百里踰錫爾河又踰那林河爲賽瑪爾堪城又西南爲藹拉克則城俄圖讀如扯拉克赤又西爲烏爾根齊城案此語誤扯拉克赤在撒馬爾干西南烏爾根齊在撒馬爾干西北自扯拉克赤西北行千餘里乃至烏爾根齊不能云又西也又西臨達里岡阿泊是爲西海案此語亦誤達里岡阿泊卽鹹海乃在北非在西烏爾根

齊即烏爾韃赤也錫爾河遠源爲納林河發源天山直特穆爾圖淖爾之南偏東西圖稱爲亦息庫爾西行約七百里轉西北又轉西南多此一曲約行五百里至瑪爾噶朗之北塔爾河亦稱古里察河自葱嶺北山西流挾東南諸水逕安集延城來會兩河合而西逕霍罕城約四五百里轉而西北又一千五六百里入於鹹海此論水道直綫若其河流旋折多作之字形以論水程奚止千五六百里幾以倍計納林之稱西圖無異詞迨與塔爾河會流而後始有錫爾之稱土語謂河爲達里雅故曰錫爾達里雅今人但知納林不知

國朝官書明稱錫爾一統志謂踰錫爾河又踰那林河爲賽瑪爾堪城賽瑪爾堪即撒馬爾干其東有薩拉甫散河起於霍罕

廣雅書局栞

城西南三百餘里之冰山曰薩拉甫散山西流六百餘里至撒馬爾干繞城而北而西又經布哈爾城又西南入於淖爾自東來者既渡錫爾河再渡薩拉甫散河乃至撒馬爾干薩拉甫散舊名遮嘎特稱爲那林官書之誤烏爾鞬赤有新有舊昔時阿母河自布哈爾西北折而西又折而西南入裏海烏爾鞬赤當河之西流跨河爲城直機窪城西北二百餘里鹹海南偏西三百里明中葉後阿母河爲沙磧塡壅不折而西逕北入鹹海城亦久廢惟存遺址俄圖稱其地曰枯尼牙烏爾鞬赤枯尼牙譯義謂舊城此元之烏爾鞬赤也布哈爾西北阿母河西濱直鹹海南偏東約五百里亦有烏爾鞬赤城爲後來重建在機窪正北數十里再北數十里則爲柯提城見元史西北地附錄亦稱

喀忒重建烏爾鞬赤時不可考當在元後此一統志之烏爾鞬赤也元祕史作兀龍格赤俄地圖音如烏爾坑赤詢諸波斯人則爲烏爾鞬赤耶律楚材西遊錄蒲華之西有大河西入於海其西有五里虔城梭里檀母后所居蒲華即布哈爾梭里檀即蘇爾灘西域帝稱母后所居見元西域史字音方向皆合惟自蒲華言之當云西北耳赤字爲西域語尾字鞬之義爲城國譯根譯坑皆鞬之變音讀鞬字須著力故或譯作根或譯作坑烏爾鞬赤爲西域貨勒自彌之國都即元史之花剌子模亦即唐書之貨利習彌唐書云貨利習彌漢康居小王奧鞬城故地奧鞬又即烏爾鞬溯名漢代可謂古矣魏源海國圖志引外國史略云布加拉西及裏海曰其民部通市之邑曰阿耳云治布加

拉卽布哈爾之都城本亦稱布哈拉其曰卽機漥阿耳云治卽烏爾鞬赤之異譯惟亦是新城而非舊地

哈押立

元史憲宗二年遷海都於海押立今考西域書有哈押立地在阿拉套山西北（阿拉套山見同治三年中俄界約）巴勒喀什淖爾東頭之南其地北接阿爾泰山西支海都叛亂常出沒於金山南北月赤察兒傳海都分地近金山是也東南接伊犂元史地理志阿力麻里下注諸王海都行營於阿力麻里等處是也惟言阿力麻里爲海都分地則誤西域書謂阿力麻里爲察合台分地後王土哇以叛附海都故阿力麻里亦列行營至元五年世祖敗海都於北庭追至阿力麻里遠遁二千里以皇子北平王統諸軍於

阿力麻里以鎮之西域人瓦薩甫云海都土哇與呼必賚可汗軍戰於哈押立阿力麻里與哈押立相距非遠其有戰事固宜朔方備乘海都合丹等傳謂海押立在金山北爲今俄羅斯東境錫伯利部東距昂噶拉河西距額爾齊斯河北抵北海海都恃其險遠有跋扈志憑空結撰渺無證據案哈押立今西人多稱喀押立哈喀二音互用西人考古輿圖云喀押立亦稱喀白爾今俄有闊帕勒城道光二十一年建立即元時海押立地境屬鄰壤字音變遷故西域水道記亦未考及

葉密爾

葉密爾河名地以河得名在今塔爾巴哈台境阿拉克圖古勒淖爾東徐松西域水道記額敏河源出塔爾巴哈台城東二百

七十餘里之鄂爾和楚克山先爲錫伯圖河繼與固爾圖河會西流逕城南百里是爲額敏河額敏者回語清淨平安之謂音轉爲額密爾河徐氏躬履西域審音考義碻鑿可據今西國亦作額密里河葉密爾即額密爾也元史憲宗本紀遷脫脫於葉密立地耶律希亮傳自沙州涉雪踰天山至北庭都護府至昌八里城夏踰馬納思河抵葉密里城乃定宗潛邸湯沐之邑北庭都護府即今烏魯木齊馬納思河在其西北更西北行至今塔爾巴哈台城西域書謂太祖分地諸子以葉密爾河邊平地畀太宗定宗爲太子潛邸湯沐之邑爲此地無疑葉密爾葉密立葉密里皆一地也徐松謂阿力麻里亦曰葉密里葢以阿力麻里即今伊犂聲音相近故爲此說不知自有當之者劉郁西

使記自和林經瀚海過龍骨河行漸西有城曰業滿又西南過孛羅城又西南行二十里有關曰鐵木兒懺察出關至阿里麻里城阿里麻里卽阿力麻里業滿當是葉密爾之轉音揆其地望計其行程故知是也

鹹海裏海黑海

葱嶺西北三大澤最東者曰鹹海泰西稱阿拉爾瀛環志略謂西域人稱達里岡阿泊南北三四百里東西二三百里三水中爲最小其西爲裏海泰西稱喀斯比安義謂亞細亞歐羅巴兩地中閒之海華言裏海義本乎此南北縱千數百里北頭廣五六百里南頭廣四五百里裏海西爲黑海與地中海鄰廣二千數百里縱千餘里此三海者皆今名志西域者必以三海爲綱以納林阿母等河爲目而

後可以釋地案水經注曰一水逕休循國南又逕難兜國北又西逕罽賓國北又西逕月氏國南又西逕安息國南城臨嬀水最大國也（安息國詳安息考嬀水即阿母河）河水與蜺羅䟦禘水同注雷翥海唐書西突厥傳西界雷翥海徐中丞瀛環志略謂西洋地圖葱嶺以西惟印度河南流入大海其餘南北諸小河匯爲兩大支北爲納林南爲阿母皆以鹹海爲歸宿是即雷翥海無疑世多以裏海爲雷翥海誤矣鈞案中丞之辨但知西人今圖而不知古圖明季以前阿母河實入裏海嗣後沙磧壅塞乃北入鹹海（河故道見地圖中）近時俄羅斯人擬議疏河故道可以利舟楫溉田野工艱費鉅未舉行也雷翥海之爲裏海斷無他惑（魏源亦主裏海朔方備乘辨正其誤何氏誤魏氏不誤）新唐書波斯滅後有陀拔斯單者或曰陀拔薩

惲其國三面阻山北瀕小海居娑里城所謂三面阻山蓋即波斯馬三德蘭部地形勢宛合北瀕小海即裏海此皆唐書言裏海之證隋書鐵勒傳得嶷海東西有蘇路羯三索咽蔑促隆忽等諸姓聞波斯駐俄使臣云古時突厥人稱裏海爲苔刺汗海以其容納衆流不通外海有自主一方氣象故蒙古人稱裏海北阿斯塔拉干爲互市大埠塔拉干即苔刺汗地名由苔刺汗海而來今考元代有苔刺罕封爵譯爲自由自在蓋承突厥非始蒙古隋書得嶷爲苔刺轉音當即裏海徐中丞以西域人稱鹹海曰達里岡阿今案達里岡即苔刺汗之異譯恐又誤以裏海當鹹海而益徵波斯使臣之言爲不誣也元史郭寶玉傳太祖封大鹽池爲惠濟王西人考驗裏海水味之鹹過於鹹海兩海

相形如小巫見大巫則大鹽池必是裏海元史速不台傳繞寬田吉思海展轉至太和嶺（即高喀斯山）寬田吉思當作袞騰吉斯袞謂深騰吉斯謂海黑海水深色黑似可當之然速不台自西域北征欽察實循裏海西濱以往速不台傳又言乙未西征虜八赤蠻妻子於寬田吉思海八赤蠻之役載於西書乃在裏海元史所謂寬田吉思葢皆言裏海也漢書康居西北可二千里有奄蔡國臨大澤無涯葢北海云此誤以黑海爲北海實爲漢時言黑海之始（詳康居奄蔡考）魏書董琬等使西域還具言所見分其地爲四域兩海之間水澤以南爲一域所謂兩海必是裏海黑海是爲元魏時言裏海黑海之始歷考載籍惟鹹海無徵泰西古書亦從未言及鹹海近時德國人考紀行之書謂前五六百年

西人往東者稽其程途方向皆似逕從鹹海中策騎以過而不言繞道海濱又鹹海之南有東西流故水道當錫爾阿母兩河之中因疑昔時阿母河固入裏海卽錫爾河亦合於阿母以入裏海而鹹海巨浸爲近數百年渟蓄而成雖證佐無書其論要非無見耳

元史譯文證補卷二十七下終

廣雅書局栞

元史譯文證補卷二十九

兵部左侍郎總理各國事務衙門行走加三級臣洪鈞撰

元世各教名考

元帝崛起朔漠氈裘舊俗敬天畏雷尚巫信鬼無所謂教也太祖既下中原首遣使賫金牌徵召邱處機詢道術然而清心寡欲之方無當於禽獮草薙之略虛崇禮貌但冀長生世祖混一區夏雖亦以儒術飾治然帝師佛子殊寵絕禮百年之閒朝廷之上所以隆奉敬信之者無所不用其至英宗時且詔各郡建八思巴殿其制視孔子廟有加馴至天魔按舞祕密受戒故有元一代釋氏稱極盛而西北三藩則又漸染土俗祇奉謨罕默德與天子異趣其時重致遠人一切色目咸與登進於是殊方

詭俗重譯而至祇祠襃敎蔓延宇內乃元史列傳僅著釋老何明初史局諸公之不考也案本紀中統三年括木速蠻畏吾兒也里可溫荅失蠻等戶丁爲兵四年敕也里可溫荅失蠻僧道種田入租貿易輸稅至元元年命儒釋道也里可溫荅失蠻等戶舊免租稅今並徵之十三年敕西京僧道也里可溫荅失蠻等有室家者與民一體輸賦十九年四月敕也里可溫依僧例給糧九月楊庭璧招撫海外南番寓俱藍國也里可溫主兀咱兒撒里馬管領木速蠻馬合馬遣使奉表同日赴闕馬八兒等國傳作也里可溫兀咱兒撒里馬及木速蠻主馬合麻與本紀撒里馬字異不知孰是又紀於也里可溫言主傳於木速蠻言主皆教主之謂非國主也十月敕河西僧道也里可溫有妻室者同民納稅二十九年也里嵬里沙沙嘗領僧道儒也里可溫荅失蠻爲軍詔令

止隸軍籍成宗大德十一年武宗卽位詔也里可溫答失蠻並依舊制納稅武宗至大五年仁宗卽位罷僧道也里可溫答失蠻頭陀白雲宗諸司泰定帝元年免也里可溫答失蠻差役文宗天曆元年命也里可溫於顯懿莊聖皇后神御殿作佛事又案經世大典馬政篇中統四年諭中書省於東平大名河南路宣慰司不以回回通事斡脫并僧道答失蠻也里可溫畏兀兒諸色人戶每鈔一百兩通滚和買堪中肥壯馬七疋（不以猶言不論）至元二十六年七月十日兵部承奉尚書省奏諸衙門官吏僧道答失蠻也里可溫斡脫不以是何軍民諸色人戶所有堪中馬匹盡數和買十四日兵部承奉尚書省劄付和尚先生也里可溫答失蠻斡脫等戶但有四歲以上騸馬曳剌馬小馬盡數赴

廣雅書局栞

官中納當面給付價鈔又至元十二年樞密院奏僧道也里可溫答失蠻欲馬何用二十四年楊總統奏漢地和尚也里可溫先生答失蠻有馬者已行拘刷江南者未刷江淮省言江南和尙也里可溫先生出皆乘轎養馬者少今考木速蠻郎天方教當云木速兒蠻耶律楚材西游錄尋思干乃謀速魯蠻種落吾古孫仲端西使記沒速魯蠻回紇者性殘忍肉交手撮而噉雖齋亦酒脯自若皆即木速兒蠻邱長春西游記鋪速滿國王亦木速蠻轉音聞諸波斯使臣木速兒義謂正教蠻謂人類阿剌比語也答失蠻亦木速兒蠻教中別派昔有教士伯克答失捓行其教遂以人名名之蠻義同前今土耳其國內尚有此種教人也里可溫爲元之天主教有鎮江北固山下殘碑可證多桑譯著

旭烈兀傳有蒙古人稱天主教爲阿勒可溫一語始不解所謂繼知阿剌比文回紇文也阿二音往往互混阿勒可溫即也里可溫多桑此語非能臆撰必本於注施特諸人附考於後自唐時景教入中國支裔流傳歷久未絕元世歐羅巴人雖已東來而行教未廣也里可溫當即景教之遺緒文宗初服宮廷享殿亦藉彼教資薦冥福其啖可謂張矣元史孝友劉全傳馬押忽也里可溫氏事繼母張氏庶母呂氏克盡子職西俗一夫惟一婦既奉其教不得有庶母西人云昔時行教遠方者大率不易其俗明世利瑪竇等初入中國亦復如是其後教律乃嚴是說也華人奉彼教者嘗言之非飾詞也經世大典之斡脫卽猶太教審定字音當云攸特首字今譯爲勝次字大典譯音爲勝或稱如德亞則言其地如德亦攸特也自猶太失國戶口四散今歐羅巴諸國貿遷有無多猶

太人波斯布哈爾等地種族甚夥聞諸西人今中國河南開封仍有猶太人華人不知但以回回統之地有猶太碑碑文附後其人多業醫牛本教理致茫昧若遺惟鼻高而鉤厥形未變案西土三教猶太最古天主天方二教皆濫觴於此今世所傳耶穌十戒爲古時摩西登西奈山受諸天帝者摩西卽猶太教之宗主也尊奉天帝七日一安息皆猶太之說其文字旁行自右而左與突厥同西人奉教者必習猶太文以耶穌經典用本國文字也鈞嘗游西國教堂從者謂堂中嚴禮節不免冠謂不敬笑應之曰耶穌卽亞細亞人髮睛色黑與我貌同彼如有靈聞亞細亞人來且倒屣之不暇必不以歐洲之禮苛我不免冠奚害焉

又案錢詹事大昕廿二史考異武宗紀二年六月宣政院奏免

僧道也里可溫荅失蠻租稅一條下云案元典章有一條云荅失蠻迭里威失戶若在回回寺內住坐並無事產合行開除外據有營運事產戶數依回回戶體例收差然則荅失蠻乃回回之脩行者也鈞案詹事此說微誤西域教規無論君民上下人等皆當崇奉本教非修行者乃爲教人也元典章所云蓋分別住寺住戶兩項人至元辨僞錄云釋道兩路各不相妨今先生言道門最高原注元人稱道士爲先生秀才人言儒門第一迭屑人奉彌失訶言得生天鈞案彌失訶見景教碑失作施詳西游記迭屑頭目注達失蠻叫空謝天賜與細思根本皆難與佛齊達失蠻即荅失蠻錢詹事元史氏族表石刻國子監貢試題名記色目有木速魯蠻氏又別羅沙西域別失八里人氏居龍興路錄事司其母回回氏妻荅失蠻氏當亦回回也原注西湖竹枝詞注以爲回回人又本速蠻氏回回之一種也此條下云案祕

廣雅書局栞

書志有節歇兒的（原注：大德十一年官祕書少監）又木速魯蠻氏即木速蠻氏有脫穎者居南康路顧氏炎武山東考古錄元泰定帝嶽廟碑和尚也里可溫先生達識蠻每不拘揀甚麽差發休當者達識蠻亦即荅失蠻統諸說考之木速蠻荅失蠻即世俗所謂回回教本爲教名而假以爲氏族名也

附景教考

唐貞觀九年大秦僧阿羅本至長安太宗詔所司于義甯坊造寺一所度僧廿一人高宗時崇阿羅本爲鎮國大法主仍令諸州各置景寺錢氏景教序據冊府元龜所引天寶四載九月之詔謂波斯經教出自大秦傳習而來久行中國爰初建寺因以爲名將以示人必循其本其兩京波斯寺宜改爲大秦寺天下

諸州郡宜准此此大秦寺建立之緣起而景教碑言貞觀中即詔賜名大秦寺此夷俗之誇詞也因疑波斯本奉火祆阿羅訶初假波斯之名以入長安後乃改名以立異金石萃編亦疑景教實自波斯而溯源大秦四庫全書提要謂天主即所謂祆神引玉篇說文祆字之訓爲證艾儒略作西學凡一卷附錄唐大秦寺碑則其爲祆教更無疑義而利瑪竇之初來乃詭爲亙古未睹蓋萬厤以來士大夫大抵講心學刻語錄即盡一生之能事故不能徵實考古以遏邪說之橫行也瀛環志略則謂碑中一切詞語緣飾釋氏糟粕非火非天非釋當是胡僧黠者牽合波斯火教天竺佛教大秦天神教而捌爲景教之名仍疑即波斯火祆今案景教碑文潤色詞藻附會內典中土文人所爲無

足辨證其徵實者則有天神告慶室女誕生於大秦景宿告祥波斯覩耀而來貢之語考耶穌母瑪利亞許婚未嫁而孕所謂室女誕生也耶穌生後有鄰國觀星象者謂有異人降世遠跡得之祗獻珍賷皆見西人所繪耶穌事迹圖像所謂景宿告祥覩耀來貢也鄰國非是波斯就著稱者舉之耳耶穌爲猶太人其地在西里亞南境漢時西里亞悉屬羅馬分遣大酋轄治其誅耶穌亦羅馬酋之令而猶太人奉行之故即以大秦名其地七時禮贊七日一薦判十字以定四方皆彼教規戒其云西域圖記及漢魏史策大秦國南統珊瑚之海北極衆寶之山其土出火浣布返魂香明月珠夜光璧俗無寇盜人有樂康語意皆本諸史大秦傳則言羅馬無疑唐時羅馬已久滅中土不知沿

襲舊謂以資夸飾又西國古書在中國東晉時（西三百九十五年）有聶斯托爾（臘丁文作聶斯托魯斯）爲東羅馬教士著書立說名盛一時教王以其賢擢爲康思灘丁諾白爾之主教其人刱議耶穌爲立教之聖人非卽上天之子不宜傅會膏鑿一時攻之者蠭起教王乃集衆主教焚其書流之於阿昧尼亞憂憤而死當時附其說者皆遭屛逐散居東方自稱聶斯托爾教浸淫東來自裏海以東以至中土西人據此以考景教碑下東西兩行乃西里亞文字必是聶斯托爾教人久居其地用其文字著之於碑其說甚確至云大秦則假舊名以爲焜耀也（未齋金石考略碑下及東西三面皆列彼國字式下有助檢校試太常卿賜紫袈裟寺主僧業利檢校建立碑石僧行通雜于字中字皆左轉弗能譯也）又考西書元憲宗特教王使人路卜洛克至和林則已有聶斯托爾教人爲

之譯語世祖時維尼斯國人謨克波羅至中國其書謂華地久有奉西教者明季利瑪竇至中國亦謂西教早入中土不知始於何代或云唐時或云元時近年回疆之亂俄人襲伊犂守之查得其地有聶斯托爾教内華民約三四百人俄人以木本水源之說招令歸附而誓不從英國游歷教士郎斯得勒曾覿其教堂閱其經典尚有漢文書籍以不識華文故不知所始復云關内外亦有此種教人然則天主教之入中土實自唐景教始特其人奉公守法與常民無異故歷久無詆議之者而諸儒考索碑文紛紜聚訟夫亦可以論定矣

附天方教厤考注無鈞案二字者皆原注

梅文鼎回教主辭世年月考曰據西域齋期江甯王鴻堂刻單以康熙

二十七年庚午五月初三日起是彼中第九月一日謂之勒墨藏一名阿咱而月也至六月初三日開齋是彼中第十月一日謂之紹哇勒一名荅亦月是爲大節再過一百日至九月十三日爲彼中第一月第十日謂之穆哈蘭一名法而斡而丁月其日爲阿叔喇濟貧之期謂之小節鼎嘗以回回厤法推本年白羊一日入第六月之第八日與此正合又據齋期云本年庚午聖人辭世其計一千零九十六年（此太陽年）考本畢開聖人生死在本年十一月十四日在彼爲第三月謂之勒必歐勒敖勿勒又名虎而達查西域阿剌必年是開皇己未（鈞案阿剌必即阿剌比）距今康熙爲一千零九十二算減一爲一千零九十一乃開皇己未春分至今康熙庚午春分之積年又查己未年春分在彼爲太陰

廣雅書局栞

年之第十二月初五日以距算一千零九十一減聖人辭世千零九十六相差五年逆推之得開皇十四年甲寅爲聖人辭世之年約計甲寅至己未此五年中節氣與月分差閏五十五日則甲寅春分當在彼中第十月之初聖人辭世既是第三月則在春分前七箇月爲處暑月即今七月也自開皇甲寅七月十四日聖人辭世至今康熙庚午七月十四日正得一千零九十六年故曰共計一千零九十六年也據此則開皇十四年甲寅是彼中聖人辭世之年薛儀甫謂回回歷蓋以此而誤又案敎主以第三月辭世而其年春分則在第十月今彼以十月一日爲大節蓋爲此也徐松西域水道記瑪木特玉素布之遷喀什噶爾也土人龐雅瑪獻所居地爲寺死即葬焉墓在回城東北

十里許回人卽墓爲祠堂曰瑪咱爾門外刻石柱記年一年一晝以派噶木巴爾初生爲元年派噶木巴爾於四月初十日成道生六十三歲而卒嘉慶二十四年六月初二日爲彼中第一千二百三十三年之終按回回術有太陽年（彼中謂之宮分）有太陰年（彼中謂之月分）齋期以太陰年爲準數至第十二月則齋齋滿日相慶爲元旦（齋月卽彼中十二月）所謂月一日者又不在朔以見新月爲準歷十二月爲一歲有閏日無閏月故歲首無定月大率每閒二年遞早一月（如元年在十月三年則在九月五年則在八月之類）今以初二日爲歲除是用太陰法見新月爲歲首也明史曰三百五十四日爲一周周十二月月有閏日凡三十年閏十一日言太陰年也準此論之計三十年應有一萬六百三十一日則一千二百三十三年積四

十三萬六千九百三十四日又十分日之一以回回歲實三百六十五日一百二十八分之三十一約之得一千一百九十六年又一百四日半弱從嘉慶二十四年六月初二日逆數之當托始於唐高祖武德六年三月初三日也自來考天方厤者詳核得實無逾徐氏然徵諸西書訪諸西人則是武德五年爲西厤六百二十二年而非六年且其紀始非教主初生之年辭世之年而爲避難出奔之年名曰黑蚩拉節西國坊閒有鬻西厤天方厤紀年通表者購而譯之起於西厤六百二十二年七月十六日其法亦以西厤天方厤現在之年月日合而逆推惟逐年逐月排比編次特爲詳盡無可致疑證以他西書則年分起數確乎不易月日起數容有異詞然終無逾是表之詳盡著此

表者德人或于斯敦非耳特表成於同治年間續之者奥人馬勒爾預推至西厤二千餘年而止光緒十六年庚寅正月元旦爲西厤一千八百九十年正月二十一日天方厤一千三百七年五月二十九日而徐氏所謂一千二百三十三年終應是西一千八百十八年十月三十日爲嘉慶二十三年二分二至中西厤同故月分相差至多不過四五十日則其年終當在九月初所謂六月初二日之説亦不相符豈喀什噶爾之教人數典忘祖歟抑東方之教於其教主有異説歟考彼教齋期西書備載穆哈蘭月十日猶華言正月初十日謂之阿叔喇節致齋一日勒墨藏月猶華之九月致齋一月終日不飲不食不浴不唾屏退婦女謝絕世務甚或緘默竟日至暮乃飲食居處復故次

晨又如之疾病老幼得免然病痊仍必補齋且多施捨以消罪尊相傳是月上帝以可蘭經授謨罕默德故定此齋期至嚴極重梅氏之書是徵確鑿踰此而至第十二月謂之都勒哈察月其第十日謂之白拉廢節為阿剌比人本有之節相傳其始生之祖將殺子祀天天帝降言已鑒汝誠勿戕汝子汝有一羊可宰以代故此節為宴樂之節而不致齋十二月內並無齋期徐氏謂第十二月則齋齋滿日相慶為元旦必是勒墨藏月之誤此月齋滿固相慶也鈞案六月初爲彼教九月底則年終便與西表相符又西書云彼教元旦為黑蚩拉節日為教主避難出奔之日須朔之令在教主避難出奔後十七年鈞案明史云回回厤法西域默狄納國王馬哈麻所作係謨罕默德並未作歷先時阿剌比人參仿猶太歷置閏月以合日躔每十九年閏七

月略如中國厤法惟猶太正月起於秋分閏月必在六月是爲歧異勒曇藏齋月本在炎天故此三字譯義爲熱長嬴盛暑而日斷飲食人恆苦之譔罕默德之後教主倭馬爾始廢閏月使一月之齋旋行四時歲無定日其正朔亦然當日變法之年黑嵩拉節當在第三月一日而即以歲首一日應之亦由於此梅氏謂教主以第三月辭世語意正合特非辭世耳至謂其年春分在第十月故彼以十月一日爲大節天方教厤不論節氣不問日躔此言殆誤光緒十六年春分在二月三十日入夜子時則已交閏二月初一日躔度昏曉西遲於東故西國春分在一千八百九十年三月二十一日合之中厤爲閏二月初一日而天方教厤通表則爲一千三百七年拉札濺月二十八日猶云

七月曾以詢波斯使臣果無差謬且云是日春分爲波斯太陽年元旦之日因是而知西域宮分麻以春分爲歲首明史但言節氣首春分猶未盡也西書又云六百三十二年唐貞觀六年波斯王伊嗣俟鈞案見新唐書西書作伊嗣的甙爾甙其子名卑路斯則與唐書同頒行新麻以三百六十五日爲一周路知西國麻法其後天方吞併波斯而民間耕穫賦納究以太陽年爲便故波斯之地有宮分月分二麻非皆出於阿剌比又明史謂三十年閏十一日以十二月爲動月徵諸西書則三十年內以二五七十十三十六十八二十一二十四二十六二十九年爲置閏之年皆在十二月説較明史尤詳乃知數起開皇謨由明史梅氏專門麻算特沿明史之訛徐氏但爲得之然於彼教齋期知猶未審則紀年積數安必無訛

疇人之術夙未嘗學述所見聞以質中土之治厤者彼敎月名附以備考

第一月曰穆哈蘭月西音同

第二月曰薩法勒月

第三月曰勒必拉費勒月拉費勒義謂第一梅氏作勒必歐勒敓勿勒所謂敓勿勒即拉費勒也阿剌比語常有阿而二字爲語助詞讀宜輕帶如人名末有丁字則必是阿而丁歐勒即阿而故徐讀之有歐勒二音若急讀省文便成勒必拉費勒矣

第四月曰勒必拉喝勒月拉喝勒義爲第二

第五月曰祝馬達拉費勒月

第六月曰祝馬達拉喝勒月

第七月曰拉札潑月

第八月曰沙班月

第九月曰勒墨藏月西音微異當以梅氏爲準

第十月曰紹哇勒月西音同

第十一月曰楚而喀荅月或云西而喀荅

第十二月曰都而哈察月或云西而喝赤

元史譯文證補卷二十九終

元史譯文證補卷三十

兵部左侍郎總理各國事務衙門行走加三級臣洪鈞撰

舊唐書大食傳考證

唐書西域地名事實最爲徵信勝於元史

大食國本在波斯之西案釋地明晰勝於新唐書大業中有波斯胡人牧駝於俱紛摩地那之山忽有獅子人語謂之曰此山西有三穴穴中大有兵器汝可取之穴中並有黑石白文讀之便作王位胡人依言果見穴中有石及稍刃甚多上有文敎其反叛案此皆彼敎中人附會之詞非眞有是事於是糾合亡命渡恆曷水劫奪商旅其衆漸盛遂割據波斯西境自立爲王波斯拂菻各遣兵討之皆爲所敗永徽二年始遣使朝貢其姓大食氏名噉密莫末膩自云有國已三十四年歷三主矣案大食爲阿剌比人古時阿剌比人游牧於西里亞者西里亞人稱之若曰大柳波

斯人稱之若日大希繼而阿昧尼亞人突而基斯犟人稱之若日塔起克大抑大希塔起皆與大食音近故中國有大食之稱非姓也永徽二年時大食主與自蠻爲謨罕默德後三代故云王三世惟云有國三十四年則當起於武德元年不合噉密莫末膩據西人云當是阿剌比語哀密耳阿而莫末甯之訛言信從者之君也與自蠻之先倭馬爾首膺此號又阿剌比語敢密莫末甯言信從者之願 其國男兒色黑多鬚鼻大而長似婆羅門案阿剌比人膚理黝然僅不如阿非利喀黑人之甚今尚如是鼻大而長狀貌皆合婦人白皙亦有文字出駝馬大於諸國兵刃勁利其俗勇於戰鬭好事天神土多沙石不堪耕種惟食駝馬等肉案謨罕默德之教專主事天無所謂神土多沙石不堪耕種確合阿剌比地形俱紛摩地那山在國之西南鄰於大海其王移穴中黑石寘之於國案此即麥喀之黑石殿也彼土傳爲天降西人謂即落星石當不謬謨罕默德之先已供於殿並非其王移置龍朔初擊破波斯又破拂菻案拂菻傳云大食強盛漸陵諸國乃遣大將摩拽伐其都城因約爲和好請每歲輸之金帛遂臣屬大食焉拂菻非即漢之大秦而爲大秦屬地在黑海南後歸東羅馬後漢書云從安息陸道繞海北行出

海西至大秦人庶連屬十里一亭三十里一置終無盜賊寇警而道多猛虎獅子遮害行旅所謂人庶連屬十里一亭皆指拂菻而言宋元豐年間塞而柱克朝人自波斯地來奪踞其地始不屬東羅馬別爲羅姆國見西域補傳下元史愛薛西域茀林人茀林即拂菻是元時猶有此名明時屬土耳其自此田野汗萊生聚蕭索非復昔時繁富矣始有米麪之屬又將兵南侵婆羅門此指印度吞併諸胡國此指印度河西及阿母河南北諸國勝兵四十餘萬長安中遣使獻良馬景雲二年又獻方物開元初遣使來朝進馬及寶鈿帶等方物案西人譯西域人他拔里書紀哈里發蘇勒滿事云西七百十六七年時大食將庫退拔自費爾干據今喀什噶爾之地遣使霍貝拉俛馬並他物於中國中國皇帝令來臣服謂否則我已立誓必踐中國土地中國皇帝令取土一包與之謂可踐踏以應其誓語近兒戲唐書無之而考其年分則在開元四五年其占喀什噶爾亦非無據錄之以誌異說其使謁見惟平立不拜憲司欲糾之中書令張說奏曰大食殊俗慕義遠來不可寘罪上特許之尋又遣使朝獻自云在本國惟拜天神雖見王亦無致拜之法所司屢詰

責之其使遂請依漢法致拜其時西域康國石國之類皆臣屬之其境東西萬里東與突厥施相接焉一云隋開皇中大食族中有孤列種代爲酋長孤列種中又有兩姓一號盆泥奚深一號盆泥末換案孤列即報達補傳中之柯勒也奚深即奚施也或云謨罕默德本族爲哈深派哈深奚深音亦類似其俗謂子日本統謂子孫則日本泥加泥字音以取多數末換亦見補傳其奚深後有摩訶末者案此即謨罕默德勇健多智衆立之爲主東西征伐開地三千里兼克夏臘案夏臘當即歇拉在哀甫拉特河西南濱見西北地附錄苫法釋地一名鈔城鈔音所鹽反摩訶末後十四代至末換殺其兄伊疾而自立案即補傳中末而換第二逐伊孛拉希姆篡據其位之事或云逐栢濟特第三栢濟特或作野息特尤與伊疾音合復殘忍其下怨之有呼羅珊木麗人並波悉林舉義兵應者悉令著黑衣案呼羅珊即呼拉商見西域補傳木麗新唐書作木鹿木鹿城見漢書安息傳蓋即元史之馬魯爲呼拉商部內一省並波悉林當是人名當時阿拔斯族黨

有名阿布墨斯林者爲將領或即此人旬月間衆盈數萬鼓行而西生擒末換殺之遂求得奚深種阿蒲羅拔立之末換以前謂之白衣大食自阿蒲羅拔後改爲黑衣大食案阿蒲羅拔即阿蒲而阿拔斯白衣改黑衣皆見補傳阿蒲羅拔卒立其弟阿蒲恭拂案即補傳之阿蒲札非而西人考唐書疑恭字爲茶字之訛至德初遣使朝貢代宗時爲元帥亦用其國兵以收兩都寶應大麻中頻遣使來恭拂卒子迷地立案迷地即愛而每諦迷地卒子牟栖立案傳作哈而實以謨薩牟栖卒弟論立案即傳之哈而倫惟唐書作弟爲異文貞元中與吐蕃爲勍敵蕃軍大半西禦大食故鮮爲邊患其力不足也十四年詔以黑衣大食使含嵯烏雞沙北三人並爲中郎將各放還蕃

元史譯文證補卷三十終